Susi Menzel

Seestern Henry auf Reisen

Dieses Buch ist den Meerestieren der Welt gewidmet.

Seestern Henry auf Reisen

Bibliografische Information der Deutschen
Nationalbibliothek:
Die Deutsche Nationalbibliothek verzeichnet diese
Publikation in der Deutschen Nationalbibliografie;
detaillierte bibliografische Daten sind im Internet über
http://dnb.dnb.de abrufbar.

ISBN: 978-3-7597-9514-4

Verlag: BoD • Books on Demand GmbH, In de
Tarpen 42, 22848 Norderstedt
Druck: Libri Plureos GmbH, Friedensallee 273,
22763 Hamburg

Inhaltsverzeichnis:

Henrys Reise nach Italien

Henry hatte Post von seinem Cousin aus Italien bekommen. Es war eine Einladung von Antonio, die Ferien mit ihm zu verbringen. Henrys Eltern hatten der viele Wochen lang dauernden Reise letztendlich zugestimmt. Für einen kleinen Seestern, wie Henry einer war, war sie nicht ungefährlich.

Der Wal, der Henry von Amerikas Ostküste durch den Atlantischen Ozean mitnehmen sollte, versprach, gut auf Henry aufzupassen. Er wollte ihn in Gibraltar, dem Felsen zwischen Spanien und Nordafrika, den Delfinen übergeben. Sie würden ihn dann direkt vor Rom, der Hauptstadt von Italien, absetzen.

Trotz großer Bedenken seiner Eltern durfte er endlich aufbrechen.

Der Wal glitt ruhig, aber schnell durch die Wellen. Henry musste sich mit den Saugnäpfen seiner fünf Arme ganz schön festhalten, besonders, wenn der Wal zum Luft holen auftauchte.

Noch schwieriger war es allerdings, auf den Delfinen sitzen zu bleiben, die übermütig Purzelbäume über den Wellen schlugen.

Die temperamentvollen Tiere waren aber nun mal die schnellste Möglichkeit, von Gibraltar nach Italien zu kommen - auch wenn man Muskelkater bekam.

Schließlich ist Henry aber doch wohlbehalten in Rom angekommen. Bevor Cousin Antonio ihn abholte, nahm Henry noch ein herrliches Sandbad. Dazu buddelte er sich tief in den Sand und schubberte sich ausgiebig. Als er wieder auftauchte, schüttelte er sich kräftig und war bereit für die neuen Eindrücke des fremden Landes und für die Abenteuer mit Antonio.

Antonio

Sie trafen sich an der verabredeten Muschelbank und erkannten sich gleich, obwohl sie sich bisher nur geschrieben hatten.

Die ersten Minuten waren für die Beiden ein wenig schwierig. Durch ihre Briefe waren sie sehr gute Freunde geworden, hatten sich ihre geheimsten Gedanken anvertraut. Jetzt standen sie sich erstmals persönlich gegenüber und beäugten sich neugierig.

Sie waren miteinander verwandt, hatten beide fünf Arme und die gleiche Größe. Allerdings war Antonio viel dunkler als Henry, der mit seiner hellen sandfarbenen Haut gleich als Fremder auffiel.

Aber schon nach kurzer Zeit unterhielten sie sich, als wären sie schon immer zusammen gewesen.

Henry wollte als erstes etwas von Rom sehen, von dem seine Großmutter ihm so viel erzählt hatte.

„Und außerdem haben wir dann das Offizielle, die ganze Kultur und so schon hinter uns und können ausgiebig spielen", sagte er verschwörerisch zu Antonio.

Mit einem Fischtaxi ging es den Fluss Tiber herauf und sie sahen sich das Kolosseum mit seinen vielen Katzen an. Es folgten noch so viele andere Sehenswürdigkeiten, deren Namen er schnell wieder vergessen hatte - es waren einfach zu viele.

Dann gingen sie etwas essen. Auf seiner ersten Ansichtskarte nach Hause schrieb Henry, wie erstaunt er darüber war, dass sich die Italiener für das Essen so viel Zeit ließen. Sie machten ein regelrechtes Fest daraus, das fast die ganze Nacht dauerte.

Das Schiff

Am nächsten Morgen reisten Henry und Antonio mit dem Fischzug an der Küste entlang nach Süden, wo Antonios Familie wohnte. Obwohl sie sich beeilen mussten, weil Antonios Schwester bald heiraten würde und sie natürlich rechtzeitig dort sein wollten, nahmen sie sich Zeit, die kleinen Inselchen und den weiten herrlichen Strand zu bewundern.

Als sie schon fast in Antonios Bucht angekommen waren, hörte Henry ein brummendes Motorengeräusch. Antonio sagte: „Das ist nur ein Schiff. Da sind immer ganz viele Menschen drauf, die oft etwas Essbares ins Meer werfen. Manchmal ganz köstliche Dinge. Aber gefährlich sind die nicht."

„Meine Eltern haben mir etwas anderes erzählt", sagte Henry nachdenklich.

Antonio zerstreute seine Bedenken: „Ach, Eltern. Die haben doch immer Angst um einen."

„Na ja, du bist hier zu Hause. Vielleicht ist es hier ja anders als bei uns", sagte Henry.

Nach einer Weile war der Rumpf des Schiffes genau über ihnen. Henry war noch nie einem Schiff so nahegekommen und er stellte hundert Fragen, die Antonio lachend beantwortete. Sie waren damit so beschäftigt, dass sie die vielen Fische hinter sich gar nicht bemerkten.

Das Fischernetz

Und dann passierte es:

Ein quietschendes, blechernes und sehr lautes, Geräusch näherte sich mit großer Geschwindigkeit, Sand stob auf, vor ihnen erhob sich eine dicke Leine - und dann erkannten sie das Netz, das sich schnell nach oben bewegte und sich wie eine Tüte zusammenzog. Hunderte von Fischen, Krebsen und die beiden Seesterne wurden auf engstem Raum zusammengedrängt.

Irgendwie wurde Henry nach oben geschleudert, und es gelang ihm, über die obere Leine außerhalb des Netzes zu kommen, bevor es sich endgültig zusammenzog und niemanden mehr freigab.

Schließlich gab es einen Ruck und das Netz blieb halb im Wasser hängen. Es bewegte sich nicht mehr.

Henry schrie verzweifelt Antonios Namen, aber in dem allgemeinen Geschrei hörte ihn niemand.

In dem Netz waren alle so eng zusammengepfercht, dass sie sich kaum bewegen konnten. Außerdem hatten die oben liegenden akute Wassernot - und Wasser war nun einmal für alle Meerestiere lebensnotwendig.

Henry war wie erstarrt vor Schreck. Doch nach einer Weile riss er sich zusammen und hangelte sich um das Netz herum. Oben, nahe der Wasseroberfläche, fand er Antonio an die Maschen des Netzes gedrückt. Einer seiner Arme hing schlaff aus einer Masche.

"Antonio! ", schrie Henry.

Der antwortete ganz schwach:
„Henry, sieh zu, dass du in
Sicherheit kommst. Mir kannst du
nicht mehr helfen!"

Henry stimmte ein Klagelied an und
tanzte dazu. Die Tiere im Meer
können keine Tränen vergießen,
deshalb zeigen sie ihre Trauer auf
andere Weise wie die Menschen.
Plötzlich hielt Henry inne:
„Nein, so schnell gebe ich nicht auf.
Und du auch nicht, Antonio!
Ich suche jemanden, der uns hilft."

Die Riesenseesterne

Henry sprang auf einen Fisch auf und schon ging es los in die weiten, ihm unbekannten Gewässer.

Er schrie dabei aus Leibeskräften: „Seesterne Italiens, bitte kommt mir zu Hilfe."

Einige vorbeischwimmenden Fische sahen ihm verwundert nach.

Dann kam er an eine Seestern-Kolonie.

Er bettelte: „Bitte, bitte helft mir. Mein Freund ist in einem Netz gefangen."

Sie antworteten müde: „Fremder, wir können zwar Muscheln öffnen, aber keine Netze zerstören."

Darüber hatte Henry noch gar nicht nachgedacht. Aber es musste einen Weg geben! Er rief weiter um Hilfe.

Da kam ihm ein Trupp von sehr großen und sehr böse aussehenden

Seesternen entgegen. Henry bekam Angst. Die Riesen-Seesterne fraßen manchmal die kleineren, wie er einer war. Er wollte schon ausweichen, als der Anführer ihn ansprach: „Äih du. Wofür brauchste denn Hilfe?"

Henry nahm seinen ganzen Mut zusammen und antwortete: „Für meinen Freund. Er ist in großer Gefahr."

„Aha", sagte der Anführer und kratzte sich am Mund „Was gibste uns, wenn wir dir helfen?"

Henry erschrak: „Ich, äh ... was wollt ihr denn?", stammelte er.

„Mit anderen Worten, du hast nichts. Pah!!", rief der Anführer mit drohender Stimme. Er ließ alle Muskeln seiner fünf kräftigen Arme spielen.

Die Verhandlung

Henry überlegte fieberhaft. Er besaß wirklich nichts Wertvolles.

Verzweifelt bot er ihnen das einzige an, was er konnte: „Ich schreibe euch eine Geschichte!", sagte er stolz.

„Eine Geschichte?", wiederholte der Anführer ungläubig. Er drehte sich zu den anderen um. „Habt ihr gehört? Er will uns eine Geschichte schreiben!"

Der ganze Trupp brach in grölendes Gelächter aus.

Minutenlang kugelten sich alle vor Lachen, bis einer atemlos brüllte:

„Was zum Seeteufel sollen wir mit einer Geschichte? Wir können noch nicht einmal lesen!"

„Dann erzähle ich sie euch!", sagte Henry trotzig.

Jetzt lachten alle noch mehr als vorher.

„Ja, die von dem verschollenen Schatz irgendwo in oben Alaska, dort wo ..." Henry war immer leiser geworden. Der Mut hatte ihn endgültig verlassen.

„Wenn ihr mir nicht für die Geschichte helfen wollt, habt ihr gar nichts", sagte er noch leiser. Gerade wollte er auf seinem leicht beunruhigten Taxifisch davon schwimmen, als der Anführer ihn rüde festhielt. Henry glaubte, vor Schreck sterben zu müssen, aber der Anführer fragte nur ungehalten: „Dort wo was ??"

Henry antwortete mit zitternder Stimme: „Dort wo das große Menschenschiff untergegangen ist. Dort wo die wertvollsten Muscheln der Welt sein sollen."

„Sollen, sollen! Immer nur sollen. Alles Ammenmärchen, wa?"

„An den meisten Märchen ist etwas Wahres dran", flüsterte Henry.

Der Anführer überlegte: „Schon möglich. Für 'nen kleinen Seestern biste ganz schön mutig. Du musst deinen Freund wirklich sehr mögen. Die meisten aus deiner Familie hätten längst versucht, zu fliehen. Hhm, das gefällt mir."

Er drehte sich zu seinem Trupp um und brüllte sie an: „Hört mit dem albernen Gelächter auf. Wir helfen ihm!" Schlagartig verstummten die anderen.

Henry jubelte: „Super, das ist aber nett von euch." Fast wäre er dem Anführer um den Hals gefallen; das traute er sich dann aber doch nicht. „Lasst uns nur schnell machen, bevor es für Antonio zu spät ist."

Die Zangenkrebsgang

Schon bald kamen sie zu dem Netz, das immer noch unbeweglich im Wasser hing, und beratschlagten, was zu tun sei.

„Sieht schlimm aus", sagte der Anführer langsam, „Junge, Junge, das sieht nicht gut aus!" Er kratzte sich besorgt mit der Spitze eines seiner Arme am Mund.

Henry wurde immer verzweifelter. Gerade, als er traurig aufgeben wollte, murmelte der Anführer:

„Ich hab's! Da hilft nur die Zangenkrebs-Gang."

Erleichtert seufzte Henry: „Gott sei Dank!" Aber dann redete der Anführer weiter: „Das Dumme ist nur, die werden uns nicht helfen. Ich schulde denen noch was. Die bringen uns um, bevor wir etwas sagen können."

Henry ließ entmutigt alle seine Arme hängen. Da kam eine tiefe, heisere Stimme aus dem Netz:

„Das glaube ich auch. Du schuldest uns eine Menge, Castor."

Der Anführer drehte sich erstaunt um und brach dann in hämisches Gelächter aus:

„Max! Na so was. Mein Erzfeind ist auch in dem Netz gefangen."

Obwohl Max ebenso eingepfercht und geschwächt war wie der arme Antonio, gelang es ihm, eine seiner Zangen drohend zu erheben.

„Wenn es dir gelingt, meine Leute hierher zu holen und mich zu befreien, dann ..."

„...dann sind wir quitt, " beendete Castor den Satz mit Genugtuung.

Schnell arbeitete man einen Plan aus: Henry sollte in der Nähe des Netzes bleiben, um Max und

Antonio Wasser zuzufächeln; Castor und seine Truppe wollten zur Krebskolonie und die Zangenkrebs-Gang so sehr reizen, dass sie ihnen folgten; alles Weitere wollte Max dann hier am Netz mit seinen Leuten besprechen.

Henry schien es eine ganze Ewigkeit gedauert zu haben, als er endlich Castors Truppe in erstaunlicher Geschwindigkeit heranschwimmen sah, gefolgt von den viel größeren, sehr wütend aussehenden Krebsen. Am Netz angekommen, drehte sich Castor gelassen um und sagte überheblich: „Unser Freund Max ist in diesem Netz. Wir sollten uns mit der Befreiung beeilen. Ich höre schon die Motoren des Schiffes. Bald wird das Netz ganz hochgezogen. Und dann ist es zu spät."

Die Zangenkrebs-Gang stoppte verblüfft. „Du mit deinen blöden Geschichten. Noch einmal legst du uns nicht rein," kreischte einer der Krebse.

Mit letzter Kraft sprach Max: „Ich bin hier drin. Ich bat Castor, euch zu holen."

In dem Moment erkannten die Krebse, dass blinde Wut kein guter Führer ist. Castor hätte sie genauso gut in eine Falle locken können. Aber jetzt ging es darum, ihren Anführer zu befreien. Sie erhoben ihre Zangen und legten los. Bald hatten sie die ersten Fäden des Netzes durchgezwickt.

Gerade als ein Ruck durch das Netz ging, was anzeigte, dass es endgültig hochgezogen werden sollte, riss das Netz durch das

Gewicht der Hunderte von Meerestieren unten ganz auf und gab seine Gefangenen frei.

Ein großes Jubelgeschrei ging durch das Wasser.

Die Zangenkrebs-Gang, die Riesen-Seestern-Truppe und auch Henry wurden lachend und singend von den Geretteten durch das Meer geschubst. Sogar die Erzfeinde Castor und Max versöhnten sich.

Henry wurde gezwungen, endlich seine Geschichte zu erzählen. Und das tat er gern, denn Antonio war durch sie gerettet worden. Alle hörten ihm zu, wie er die Alaska-Geschichte, die ihm sein Großvater einmal erzählt hatte, zum Besten gab. Antonio war sehr stolz auf ihn und Henry nicht weniger auf sich selbst.

Die Verabschiedung

Irgendwann verabschiedeten sich die beiden von ihren neuen Freunden, den Riesen-Seesternen und den Zangenkrebsen.

Als sie los schon fast unterwegs waren, hörten sie noch, wie Castor sagte: „Ich reise nach Alaska. Wollte da schon immer mal hin."

„Ich komme mit. Dahin wollte ich auch schon mein Leben lang", sagte Max.

Es dauerte nicht lange und sie gerieten in Streit, wie sie dorthin kommen sollten. Kurze Zeit später sahen Henry und Antonio über sich eine Truppe von Riesen-Seesternen, verfolgt von Zangenkrebsen. Ganz kurz hielten die beiden Gruppen an und winkten den beiden zu, bevor sie sich weiterverfolgten.

Antonio lachte: „Die werden sich nie ändern. Aber ich glaube, sie mögen sich trotz allem sehr. Auf eine ungewöhnliche Art sind sie sogar gute Freunde."

„So wie wir beide, " setzte Henry stolz hinzu.

Die Hochzeit

Als sie endlich bei Antonios Familie angekommen waren, war die Hochzeit seiner Schwester längst vorbei. Antonios Eltern waren richtig zornig auf ihren Sohn. Sie hatten gedacht, er hätte das Fest vergessen.

Nachdem sie aber die Geschichte gehört hatten, schlossen sie Henry überwältigt in die Arme und riefen alle Nachbarn zusammen. Es wurde ein großes Fest und Henry als Held gefeiert. Er musste seine Geschichte bestimmt dreißigmal an diesem Abend erzählen.

Und wie das bei Geschichten so ist, wurden die Riesen-Seesterne zu zähnefletschenden Monstern und die Zangenkrebse zu gewaltigen Ungeheuern - aber zu sehr netten, wie Henry sich später Antonio gegenüber verteidigte.

Lange, nachdem Henry längst wieder bei seiner Familie in Amerika war, feierten die beiden Freunde diesen Tag jedes Jahr mit ihren Freunden und Verwandten als das „Fest der Freundschaft" und alle erzählten sich Geschichten von Abenteuern . . .

Henrys Italienreise in Bildern

Die Reise nach Rom auf Wal und Delfin

Das Fischernetz und die Rettung naht
von der Zangenkrebsgang

Die Rettung und die Hochzeitsfeier

Seestern Henry feiert Weihnachten in Norwegen

Inhaltsverzeichnis:

Der Entschluss

„Henry ist so unruhig." Arabella kratzte sich nachdenklich mit einem ihrer fünf Arme am Mund.

„Er hat wieder Reisefieber. Wohin es wohl dieses Mal gehen wird?" Gunwald lachte verhalten, während er auf Arabellas außergewöhnlich großen Mund starrte. Wenn sie ihn öffnete, wirkte er noch größer, fast als würde sie ihr Gegenüber verschlingen wollen. Dabei war sie eigentlich eine recht verträgliche Seesternfrau. Und tanzen konnte sie! Das gefiel ihm sehr. Darum suchte er oft die Gesellschaft von Arabella.

Allerdings hatte seine Angebetete keinerlei Ambitionen, auf Reisen zu gehen, so wie das sein Freund Henry schon so oft gemacht hatte. Manchmal würde er zwar auch gerne los, da er aber außerhalb der Seesternkolonie niemanden kannte, hatte er auch kein Ziel, zu dem er unbedingt reisen wollte.

Da war Henry anders. Gunwald beneidete seinen Freund oft um seinen Mut, auch andere Gegenden auf der Welt kennenlernen zu wollen. Ihm schnürte es allein schon bei dem Gedanken, woanders hinzureisen, die Luft ab. Allerdings stellte er fest, dass es ihn immer öfter reizte, vielleicht doch mal in andere Regionen aufzubrechen. Aber ohne Arabella? Andererseits warum nicht? Sie würde doch sicherlich noch hier sein, wenn er zurückkäme, oder?

Henry bereitete sich derweil auf seine nächste Reise vor. Er hatte sich mit seinem Cousin und besten

Freund Antonio an den Fjorden Norwegens in der Nordsee verabredet. Gunwald war sein zweitbester Freund auf der Welt, aber der beste Freund hier im Atlantik vor der Küste Nordamerikas, fast an der Grenze zu Kanada hin. Henry wollte unbedingt nach Europa und Antonio wiedersehen. Im letzten Jahr hatten sie es nicht geschafft, sich zum jährlichen Fest der Freundschaft zu treffen. Irgendwie war immer etwas dazwischen gekommen. In diesem Jahr wollten sie sich zum Fest der Freundschaft in Norwegen treffen und zwar zu Weihnachten.

„Gunwald, was könnte ich Antonio schenken?“

Darüber zerbrach er sich schon länger den Kopf. "Etwas Kleines müsste es sein. Etwas, das ich auf die Reise mitnehmen kann."

„Also doch!" Gunwald war aufgesprungen und klatschte mit vier seiner fünf Arme Beifall. Dabei schwankte er gewaltig, denn auf einem Arm zu stehen, war nicht so einfach. Zwar hatten Seesterne Hunderte von Füßchen, aber die halfen bei solch akrobatischen Bewegungen wahrlich kaum, um das Gleichgewicht zu halten. Henry lachte lauthals. Dann versuchte er ebenfalls, diese „Übung" mit-zumachen. Beide verausgabten sich dabei so sehr, dass ihnen fast die Puste ausging. Schließlich setzten sie sich erschöpft auf einen Stein am Meeresgrund.

„Du willst also doch wieder auf Reisen gehen." Gunwald guckte seinen Freund traurig an. „Dann bist du wieder so lange weg."

„Aach, du hast doch Arabella. Die wird dich schon auf Trab halten." Henry schlug seinem Freund beruhigend auf den Rücken. Dabei hatte er wohl doch etwas zu viel Schwung genommen, denn Gunwald fiel fast vorne vom Stein herunter.

„Oder komm doch dieses Mal mit." Henry schaute Gunwald fragend an. Überraschenderweise sagte der: „Ja. Ich komme mit."

Henry verschluckte sich fast: „Echt?! Das wäre ja fantastisch. Dann lernst du endlich Antonio kennen."

„Jaaa,", brüllte Gunwald aufgeregt, „aber, ach jee … dann brauchen wir ja zwei Geschenke!" „Stimmt!", stellte Henry ebenfalls fest und runzelte die Stirn. Da ihnen absolut nichts Vernünftiges einfallen wollte, meinte er: „Wir schauen unterwegs nach etwas Geeignetem."

Henry bereitete sich noch intensiver auf die Reise nach Europa vor, denn sie würde beschwerlich werden. Und mit einem unerfahrenen Freund im Schlepptau würde es wohl nicht einfacher werden. Aber viel lustiger! Und das wog alles wieder auf.

Als Arabella von dem Vorhaben hörte, schimpfte sie: „Ihr seid doch verrückt! Henry, du hast einen schlechten Einfluss auf Gunwald!" Sie schmollte und schimpfte und schimpfte und schmollte.

So ging das tagelang. „Hör auf", schrie Gunwald ungehalten, „ich kann es nicht mehr hören!"

„Sie mag dich", meinte Henry, nachdem ihm Gunwald seinen Kummer erzählt hatte.

„Das drückt sie aber seltsam aus.", antwortete der verblüfft, allerdings mit einem leicht stolzen Ausdruck im Gesicht. „Meinst du wirklich?"

„Ja, das glaube ich. Und sie hat Angst um dich." Henry guckte seinen Freund an und nickte. Gunwald schüttelte sich etwas, vor Freude, wie er selber feststellen musste. Der Gedanke, dass Arabella ihn mögen könnte, gefiel ihm sehr. Er strahlte über alle Seesternarme hinweg.

Henry war sich nicht sicher, ob Gunwald es wirklich ernst gemeint hatte, mit ihm mit zu kommen. Aber, obwohl Gunwald vor Angst fast das Nervensystem versagte, hielt er Wort. Anfang November ging es los.

„Es wird ganz schön kalt werden. In Europa ist Winter.", erklärte Arabella in einem letzten Versuch, Gunwald von seiner Reise ab-zubringen, „Du frierst doch immer so schrecklich."
Das war wahr, aber Gunwald ließ sich nicht beirren. Er wollte dieses Mal mit Henry in die Welt hinaus reisen.

Die Abreise

Henry erklärte Gunwald mehrmals, wie er sich am besten an dem Wal ankleben musste. Das war nämlich gar nicht so einfach. Der erste Versuch musste sitzen. Die Reise-Wale warteten nicht, wenn einer wieder abgerutscht war.

Gunwald gefiel das gar nicht, dass er immer wieder üben musste, sich an einem der großen Fische festzuklammern.

Henrys Freund, der gutmütige Wal Jared, stellte sich immer wieder als Übungsobjekt zur Verfügung.

Es würde einige Wochen dauern, bis sie auf der anderen Seite des Ozeans ankommen würden. Da musste man lernen, Kräfte zu sparen. Pausen würde es nämlich kaum geben.

Schließlich kam Jared auf eine Idee: „Ihr könntet doch mit mir schwimmen." Henry stutzte. „Musst du denn nicht nach Süden schwimmen? Dort ist doch der Treffpunkt deiner Familie."

„Nein, ich will auch mal woanders hin!" Jared schien entschlossen.

Henry warf ein: „Aber dort kennst du dich doch gar nicht aus."

„Ich schwimme den Reise-Walen hinterher.", erklärte Jared leicht beleidigt, „ich bin zwar schon einige Jahrzehnte alt, aber das werde ich wohl noch schaffen!"

Henry war nicht so ganz davon überzeugt, dass sein Freund diese Strapaze in ein ihm unbekanntes Gewässer gut verkraften könnte, aber er mochte seinem Freund nicht widersprechen. Jeder musste seine Kräfte selber einschätzen. Allerdings waren Gunwald und er auf den Wal angewiesen. Ohne ihn würde es schwer werden, weiter zu kommen.

Doch dann war plötzlich keine Zeit mehr zum Überlegen, denn es ging los.

An der Abreisestelle war furchtbar viel los. Bestimmt dreißig Wale verschiedenster Arten waren da und warteten auf Mitreisende.

Seesterne, Seeigel, Muscheln und vieles andere Getier, das nicht selber schwimmen konnte, sauste aufgeregt hin und her. Jeder suchte „seinen" Wal mit dem richtigen Ziel. Jared reihte sich in die Schlange der Reise-Wale ein. Gunwald probierte das Ankleben am Wal und Henry schwatzte noch mit einigen Meerestieren, die er von seinen anderen Reisen her kannte. Man tauschte sich über Strömungen, Veränderungen am Meeresboden und der Wasserbeschaffenheit aus. Gunwald staunte nicht schlecht. Was es alles zu bedenken gab. Wo überall Staus zu erwarten waren, wo es sehr gefährlich war. Unglaublich, dass sie bei diesen vielen teilweise wirklich gefährlichen Möglichkeiten überhaupt irgendwo ankommen könnten.

Jared war die Ruhe selbst, bis der Aufruf zur Abreise kam. Er fing an zu zittern, drehte sich um sich selbst und warf Gunwald und Henry versehentlich wieder ab. Dann schwamm er los, bemerkte bald, dass er die beiden Seesterne verloren hatte, und kam zurück.

„Hey, wo seid ihr denn?", rief er aufgeregt, „Los jetzt, sonst verlieren wir den Anschluss!"

Henry knurrte so etwas wie „Dann dreh dich eben nicht so schrecklich schnell herum!" und sprang auf – soweit das Wort springen für einen Seestern der richtige Ausdruck war. Sie hatten zwar sehr viele Füße, aber die waren zum Laufen für kleine Strecken auf dem Meeresboden oder den Korallen da und nicht zum Springen.

Als endlich beide wieder an Bord waren, konnte man die Reise-Wale schon fast nicht mehr am Horizont erkennen. Ob sie diese schnelle Truppe würden einholen können? Henry schaute ihnen leicht beunruhigt nach.

Der Golfstrom

Henrys Gedanken schweiften zu einer Information, der er bisher kaum Bedeutung geschenkt hatte, weil ja nicht er selber für die Navigation zuständig war. Aber er hatte sich gemerkt, dass man für die Nordeuropa-Strecke einfach nur dem Golfstrom folgen musste. Und den erkannte man am etwas wärmeren Wasser.

Endlich nahmen sie die Verfolgung der Reise-Wale auf. Jared gab ordentlich Gas. Trotzdem entfernte sich die Walgruppe immer weiter. Mit der Geschwindigkeit konnte Jared einfach nicht mithalten. Am Horizont sah Henry manchmal noch das Weiß der Orcas aufblitzen. Die riesigen Flossen erkannte er schon nicht mehr. Und dann waren die Reise-Wale gar nicht mehr zu sehen.

Ein leichter Unmut beschlich Henry, aber den fegte er weg. Das Rauschen der Wellen, das Ein- und Austauchen des Wals in die scheinbare Unendlichkeit des Meeres, versetzte ihn in eine Stimmung, die er nur von seinen Reisen her kannte. Die Freude auf das Wiedersehen mit seinem Freund Antonio und die Neugier auf das unbekannte Land und seine Bewohner überwogen sämtliche Zweifel an Jareds Fähigkeiten.

Dennoch fragte er den Wal: „Jared, weißt du noch, wo es lang geht?"

„Na klar!", kam die prompte Antwort. „Da geht es lang." Jareds Nase wies nach vorne, allerdings in einem Halbkreis am Horizont entlang – von rechts nach links und andersherum.

Da wusste er, dass Jared vermutlich keine Ahnung mehr hatte, wo sie waren und wohin sie schwimmen mussten.

Hätten Seesterne eine Stirn, würde Henry sie jetzt auf jeden Fall runzeln. Aber immerhin hatten sie den Golfstrom scheinbar nicht verlassen.

Gunwald hatte indessen einen Riesenspaß. „Ich weiß gar nicht, was du hattest. Man kann sich doch prima auf Jared festhalten. Ist gar kein Problem." Er quietschte vor Vergnügen und löste sogar zwei Arme von Jareds Haut, um Henry zuzuwinken.

Darüber hatte Henry auch schon nachgedacht. Auf den Reise-Walen war es deutlich anstrengender, sich festzuhalten. Aber sie schwammen eben auch sehr viel schneller. Henry befürchtete außerdem, dass sie sich verirrt hatten. Er bemerkte nämlich, dass das Wasser manchmal kälter wurde. Das könnte heißen, dass sie den Golfstrom manchmal verließen, oder?

Während einer Pause, in der sich Jared etwas ausruhen wollte, versuchte er herauszufinden, wo sie waren.

„Keine Ahnung, Henry. Diese Route bin ich ja noch nie geschwommen. Also jedenfalls nicht, dass ich mich daran erinnern könnte. Ich bin im Laufe der Jahrzehnte viele Routen geschwommen, meistens haben wir die südlichen genommen." Jared schüttelte sich wohlig, als er plötzlich aufschrie: „Puh, ist hier eine kalte Stelle." Gunwald brüllte es ebenfalls hinaus in die Welt „Ooaaahh, wie kalt ist das denn!!!" Henry erschauerte. Das war kein gutes Zeichen.

Hilflos im Atlantik

Henry war aufgefallen, dass Jared immer der Sonne entgegen schwamm. Die wandert bekanntlich innerhalb eines Tages von Ost nach West. Somit drehten sie sich vermutlich fast im Kreis.

„Jared, sag mal, funktioniert dein Ortungssystem nicht?", fragte Henry beunruhigt.

„Ach Henry, das ist nicht mehr so ganz in Ordnung, fürchte ich. Deshalb musste ich schon länger in der Mitte unserer Walgruppe schwimmen. Dort wo auch die Babys sind. Irgendwie habe ich mich wohl zu oft in der Richtung geirrt." Jared seufzte laut. Dann fuhr er aufgebracht fort: "Darum hat die Führung ein jüngerer Wal übernommen. Aber ob der das alles weiß, das glaube ich nicht. Dauernd macht der Fehler!"

„Ach herrje!", entfuhr es Henry, „das tut mir leid. Für dich und für uns. Wir müssen uns etwas überlegen, wie wir die Richtung wiederfinden können."

Gunwald sah seinen Freund erschreckt an. „Du meinst, äh, du meinst, wir haben uns verirrt?", stotterte er entsetzt.

„Ja.", antwortete Henry kurz und knapp.

Gunwald begann zu zittern, während Jared einige verlegene Sprünge vollführte. „Aber du siehst, ich kann es doch noch!", rief er atemlos. Und dann fing dieser große alte Wal an zu weinen. Tiefe schluchzende Töne durchquerten den Teil des Atlantiks, in dem sie sich gerade befanden.

Henry kam nicht dazu, ihm Mut zuzusprechen. Gunwald und er hatten alle fünf Arme voll zu tun, sich festzuhalten, denn der traurige Jared schoss verzweifelt mit größtmöglicher Geschwindigkeit durch die meterhohen Wellen. Immer weiter, immer weiter in die aufkommende Nacht hinein. Sie bemerkten nicht, dass ein gewaltiger Sturm aufzog. Jared war verzweifelt, weil er seine Freunde in Gefahr gebracht hatte und nun nicht wusste, was zu tun sei.

Gunwald verfluchte seinen Entschluss, mit Henry zu reisen, anstatt bei seiner geliebten Arabella zu bleiben. Ihr Gemecker war auf jeden Fall besser, als hier im Atlantik auf einem verrückt gewordenen Wal in einem Sturm unterzugehen.

Henry überlegte sich die ganze Zeit, wie er Jared zur Ruhe bekommen könnte. Seine Rufe verhallten im Rauschen der immer größer werdenden Wellen. Er musste leider warten, bis die Kräfte des Wals nachließen. Dann erst konnte er mit den Freunden besprechen, was sie nun tun sollten.

Gestrandet

„Ruhig, Jared! Ganz ruhig! Es wird alles gut!" Henry wiederholte diese Worte immer und immer wieder, doch die meisten nahm der aufbrausende Sturm mit. Dann wurde es ruhiger und endlich kamen sie bei dem verzweifelten Wal an. Er wurde langsamer. Vielleicht auch weil er schrecklich pustete und nach Luft rang. Solch eine panische Aktion war für einen alten Wal etwas zu anstrengend.

Es war dunkle Nacht. Normalerweise machte das einem Meeresbewohner nicht viel aus, denn sie hatten noch andere Sinnesorgane als Augen und Ohren. Allerdings versagte Jareds das Ortungssystem vor Panik und Scham scheinbar komplett.

Dann kam auch noch ein lang anhaltender, lauter werdender

Piepton hinzu. Eine Art dreieckige Lichterschlange, die schrecklich röhrte, schwamm am Horizont entlang. Das brachte Jared nun endgültig aus der Fassung. Er bäumte sich auf, schoss brüllend vor Angst in die Dunkelheit. Da erfasste den tonnenschweren Wal auch noch eine riesige Welle und riss ihn ins Unbekannte. Henry, Gunwald und Jared schrien wie verrückt. Und dann landete der Wal krachend auf dem Strand einer Insel, die sie bisher gar nicht bemerkt hatten.

Die Überwelle zog sich zurück, nahm Henry und Gunwald mit und entließ sie erschöpft ins Meer, wo sie sich an einem Stein anklammern konnten. Jared hingegen hatte diese übermächtige Welle fast bis an den Waldrand geworfen. Davor war ein sehr breiter Sandstrand. Jared war sehr, sehr weit weg vom Meer und von seinen Freunden. Schier unmöglich schien es, dass das Wasser bis dort hinten gekommen sein sollte. Einmal noch röhrte diese Wahnsinnswelle in der Ferne auf und versenkte sich dann beruhigt in die Fluten ihres Elementes.

Jared heulte auf. Er versuchte sich zu drehen, um ins Meer zurückzukommen, schaffte es aber nicht. Im Gegenteil, er versank immer weiter im Sand. Schon bald ließen seine Kräfte nach und er schlug kraftlos mit seiner Schwanzflosse.

Henry wusste, dass er in der aufgehenden Morgensonne zu vertrocknen drohte. Walhaut war nicht für einen Aufenthalt an Land gemacht. Sie benötigte ständig Wasser um sich herum. Außerdem wurde ihm sein Gewicht zum Verhängnis. Der massige Körper, der im Wasser so wunderbare Bewegungen machen konnte, war an Land so schwer, dass er die inneren Organe zerquetschen könnte.

Henry und Gunwald schauten entsetzt auf ihren armen Freund. Sie hatten sich auf einen Stein in Strandnähe geklammert und wussten nicht, was sie tun sollten. Sie konnten ihm vermutlich nicht helfen. Sie riefen Jared, aber der konnte sie nicht hören. Es war zum Verzweifeln. Sogar das Meer beschimpften sie lauthals, wie es das ihrem Freund antun hatte können. Sie beschwörten es aber gleichzeitig, Jared eine große Welle zu schicken, um ihn ins Wasser zurückzuholen. Aber es nützte nichts. Nichts geschah.

Sie sangen laut für Jared, in der Hoffnung, dass der Wind ihr Lied zu Jared bringen würde, sodass er sich nicht alleingelassen fühlte in dieser schweren Stunde.

Die Menschen

Plötzlich erschienen Menschen am Strand. Sie sahen den Wal und näherten sich ihm vorsichtig. Schnell erkannten sie, dass er dem Tode nahe war und versuchten, ihn mit Wasser zu benetzten. Die kleinen Hände der Menschenkinder waren jedoch viel zu klein, um einen Wal von immerhin vierzehn Metern Länge und etwa dreißig Tonnen Gewicht genügend zu bewässern. Deshalb holten sie andere Menschen. Die holten noch mehr Menschen. Jeder hatte eine Gießkanne dabei und sie bildeten eine Schlange vom Wasser bis zum Wal und begossen ihn unentwegt. Langsam erholte sich Jared ein wenig.

Dann kamen noch mehr Menschen mit Booten. Die machten den

Seesternen und ganz besonders Jared Angst. Doch sie merkten, dass es zur Rettung von Jared notwendig war.

Ein Lastwagen kam auf den Strand gefahren. Er hatte eine riesengroße Plane geladen, die sie über den Wal legten. Bei der Größe war das wirklich nicht einfach. Die Menschen hatten große Mühe, sie über das riesige Tier zu legen. Der Wind fasste immer wieder unter sie und schlug die Ecken in die Luft.

Jared schrie jedes Mal auf, wenn sie wieder mit Wucht auf ihn zurückklatschte. Die beiden Seesterne schrien mit. „Jared!!!" „Oh Jared, was passiert da nur?" Gunwald wurde vor Schreck ganz steif. „Henry, was machen die mit Jared?" „Ich weiß es nicht!", schrie der zurück ohne auch nur einmal seine Augen von Jared abzuwenden.

Dann hörte er einen Menschen sagen: „Gut, dass wir für solche Fälle ausgerüstet sind. Es ist schrecklich, wenn so ein schönes Tier hier auf dem Strand auf den Azoren landet. Hoffentlich können wir ihm helfen. Er sieht sehr erschöpft aus."

„Gunwald, hast du gehört? Sie hoffen, dass sie dir helfen können. Mach mit, Jared."

Henry und Gunwald hofften es inständig mit. Zitternd saßen sie auf ihrem Stein. Um etwas sehen zu können, mussten sie den Kopf aus dem Wasser strecken. Das bekam ihnen gar nicht gut. Im Gegensatz zu Walen konnten sie an Land nicht atmen. Aber sie wollten ihrem

Freund beistehen, soweit es möglich war.

Inzwischen waren nicht nur viele Menschen am Strand, sondern auch viele Tiere, die neugierig waren, was dort passierte. Einen Buckelwal an Land sahen sie auch nicht alle Tage. Viele Fische und Tintenfische wagten sich nahe an den Strand. Die Möwen bekamen das schnell mit und kamen lauthals krächzend und jauchzend angeflogen. Fast hätte eine Gunwald erwischt. Henry konnte ihm gerade noch einen kräftigen Schubs geben, sodass er vom Stein rutschte. Henry ließ sich ebenfalls fallen. Sie mussten eine Weile ausruhen. Dafür suchten sie Schutz unter dem Stein. Sie sahen eine Muräne vorbeischwimmen, die sich waghalsig auf den Weg in Richtung Land machte. Trotz der

Gefahr, dass auch sie auf den Strand gespült werden könnte, wollte sie das Schauspiel nicht verpassen. Da sie äußerst kurzsichtig war, musste sie sehr weit an den Strand schwimmen, um auch alles mitzubekommen. Auch die Rochen flatterten herbei. Sie bekamen oft Futter von den Menschen und ließen sich sogar von ihnen streicheln. Sie hatten keine Angst, zu stranden. Die Menschen brachten sie jedes Mal sofort wieder ins Meer zurück. Bei ihnen war das einfach. Sie waren zwar groß im Gegensatz zu den Seesternen, aber nicht sehr schwer. Und natürlich viel, viel kleiner als der arme Jared. Ob die Rettung bei ihm auch glücken würde?

Henry hatte große Zweifel. Seesterne können nicht weinen, aber traurig sein, das konnten sie. Ihre Hoffnung, dass Jared gerettet werden könnte, sank mit jeder Stunde, die er in der Sonne verbringen musste. Selbst die Wellen plätscherten traurig vor sich hin. Die Möwen gafften bereits gierig auf den Strand. Sie erhofften sich eine gute Mahlzeit, sobald der Wal gestorben war und die Menschen weggegangen waren.

Die Rettung

Doch die Menschen gaben nicht auf. Sie benetzten den Wal unermüdlich mit Meerwasser.

Und dann kam ein Kran auf den Strand gefahren. Ganz langsam näherte er sich dem Wal. Henry und Gunwald sahen, wie Jared nervös wurde und versuchte, dem unbekannten Ding, das so grässliche Geräusche machte, zu entkommen. Aber das schaffte er natürlich nicht. Die Menschen fingen an Seile um den Wal zu spannen. Jared zitterte am ganzen Körper. Seine kleinen Augen blickten hilfesuchend zu dem weit entfernten Meer, seinem Zuhause. Dann kam auch noch ein Bagger angefahren, der ebenfalls seltsame Pfeiftöne von sich gab.

Jared verstand die Welt nicht mehr und schrie wieder: „Lasst mich in Ruhe. Lasst mich doch endlich in Ruhe!!!" Hilflos bäumte er sich auf und dann rührte er sich plötzlich nicht mehr.

„Ist er tot?" Gunwald war ganz blass geworden.

„Ich – ich hoffe nicht.", stotterte Henry atemlos.

Wie aus einem Munde sagten beide: „Der arme Jared. Lass uns singen. Vielleicht trägt der Wind unseren Gesang zu ihm hin."

Sie sangen das Lied der Trauer, das gesungen wird, wenn ein Freund gestorben ist. Viele andere Tiere sangen mit, denn auch sie dachten, dass der stolze alte Wal gestorben sei. Selbst die frechen Möwen hielten einen Moment lang inne.

Vom Meer her kam plötzlich auch wieder so ein durchdringender Piepton, wie ihn die drei Freunde schon letzte Nacht gehört hatten, als sie bei Nacht diese dreieckige Lichterschlange durch die Luft segeln sahen. Dem schrecklichen Ton folgten zwei Boote, auf denen Menschen laute Befehle gaben.

Der Kapitän rief: „Jetzt ist die Flut da. Nur jetzt haben wir die Chance, ihn rauszuziehen." Und dann ging es los.

Der Bagger schaufelte vor Jared einen Graben, der bis ins Wasser ging. So kam tatsächlich etwas mehr Wasser näher an den Wal heran. Jared schrie auf.

„Er lebt!", riefen alle Tiere. „Er lebt. Ooooh, was ist das schön!"

Jared hingegen wusste nicht, was das alles sollte. Vor Angst erkannte er nicht, dass ihm die Menschen helfen wollten. Er bäumte sich auf und rief: „Lasst mich doch in Ruhe sterben. Was wollt ihr denn von mir?" Er zappelte mutlos mit seiner Schwanzflosse. Henry und Gunwald zerriss es fast vor Sorge. Sie ahnten, dass diese lauten Dinger Jareds letzte Chance waren.

Der Kran hob Jareds Hinterteil an, die Seile wurden schnell unter dem massigen Körper hindurchgezogen und fest verknotet. Jared hatte sich längst aufgegeben. Er ergab sich in sein Schicksal, wehmütige Töne von sich gebend. Töne, die die Menschen nicht hören können. Töne, die Wale singen, wenn sie wissen, dass sie sterben müssen. Jared hatte immer noch nicht verstanden, dass ihm die Menschen helfen wollten.

Henry und Gunwald riefen ihm zu, dass er Hilfe bekam, aber durch die Entfernung verhallten die Worte im Meeresrauschen.

Plötzlich war scheinbar alles erledigt, denn die Menschen riefen: „Jetzt! Ihr könnt los!"

Die Boote setzten sich in Gang. Die Motoren schrillten schrecklich auf. Die gut dreißig Tonnen des Wals waren eine riesige Herausforderung. Nach vielen Fehlversuchen klappte es. Jared wurde bewegt. Ganz vorsichtig zogen ihn die Boote weiter zum Meer hin. Und dann kam doch noch eine größere Welle. Das Wasser lief hoch hinaus in den Graben bis hin zu Jared. Da schöpfte der wieder Hoffnung. Mit schlangenförmigen Bewegungen nutzte er die Zugkraft der Seile und rutschte in den Graben hinein. Das

Seil zog seine Schwanzflosse ganz schön in die Länge. Jared schrie vor Schmerzen immer wieder auf, aber er wurde Zentimeter für Zentimeter ins Meer gezogen. Unter lautem Jubel der Menschen gelang es, ihn so weit vom Strand ins Meer zu ziehen, dass er mithelfen konnte, ins Wasser zu kommen.

Henry und Gunwald beeilten sich, zu ihm zu kommen. Sie schafften es tatsächlich rechtzeitig, sich an ihm anzukleben und konnten ihm endlich Mut zusprechen.

„Jared, du schaffst das!" „Schwimm weiter!" „Los jetzt, bald ist wieder genug Wasser unter dir."

Henry und Gunwald waren sehr euphorisch: „Noch ein Stück weiter, dann kannst du wieder alleine schwimmen!"

„Ja, jaaa, ich versuche es ja.", stöhnte Jared.

„Nun mach schon! Du schaffst es, Jared. Noch ein Stück weiter!!"

„Jaaa, ich mache ja schon weiter ..." Henry und Gunwald feuerten ihren erschöpften Freund wie verrückt an. Und Jared ächzte und schlängelte sich ins tiefe Meer zurück. Dann rief er: „Endlich habe ich wieder genug Wasser unter meinen Flossen." Er war zwar völlig außer Atem, aber so froh, dass ihn seine Freunde nicht verlassen hatten, dass er trotz seiner Erschöpfung vor Freude eine Kapriole drehte. Es war nur eine kleine Kapriole, denn von der ganzen Aufregung und Anstrengung musste sich Jared erst einmal wieder erholen.

Aber nun wussten die Menschen, dass er gerettet war. Sie hatten ihm eine Chance zum Überleben gegeben. Jetzt musste er alleine zurechtkommen. Vorsichtig lösten sie die Seile und entfernten sich. Sie verfolgten ihn noch eine ganze Weile, bis sie sicher waren, dass der Wal aus eigener Kraft weiterkommen würde.

Der Ausflug mit dem jungen Orca Wal

Einige Tage lang hielten sie sich noch in der Nähe der Insel auf. Alle drei waren von der Aufregung völlig erschöpft. Doch schon bald überlegten sie, wie sie nun weiterschwimmen wollten. Da kam ein Trupp Reise-Wale vorbei. Sie machten vor der Insel eine kurze Pause. Einige Mitreisende stiegen hier ab.

Henry fragte die Orcas, ob sie sich ihnen anschließen könnten. Aber die lehnten strikt ab.

„Buckelwale sind zu langsam. Wir schwimmen fast zehnmal so schnell wie die.", meinte einer von ihnen herablassend, fast vorwurfsvoll, „Buckelwale schwimmen nur so fünf, sechs Kilometer in der Stunde, wir rasen fast sechzig!"

Jared hörte das und grunzte beleidigt: „Wir können auch bis fünfundzwanzig Kilometer schnell schwimmen. Aber wir wollen es nicht."

Der Orca guckte sich überrascht um. Dann schaute er Henry fast böse an. Da Orcas Fleischfresser waren, bekam Henry Angst, dass der ihn fressen würde, wenn er nicht schnellstens verschwand.

Ein junger Orca raste an ihm vorbei, sprang aus dem Wasser, machte eine Kapriole und kam neugierig zu Henry zurück.

„Wenn ihr noch etwas wartet, dann kommt eine Gruppe sehr langsame Buckelwale vorbei." Er schlug mit der riesigen Schwanzflosse kräftig auf die Wasseroberfläche, dass es nur so spritzte und sogar unter

Wasser die Ausläufer der Wellen zu spüren waren.

Da fasste sich Henry ein Herz und fragte: „Kannst du Gunwald und mich nicht auf einen kurzen Trip mitnehmen? Ich möchte meinem Freund zeigen, wie es ist, schnell zu reisen."

„Ja, klar, springt auf!", sagte der stolz.

„Du musst uns aber wieder zurückbringen! Wir wollen mit Jared weiterreisen."

„Na klar, das mache ich."

Sie sagten Jared Bescheid, dass sie einen kleinen Ausflug mit dem jungen Orca machen würden und bald wiederkämen. Und dann ging es los.

Sie klammerten sich fest. Der schwarz-weiße Blitz zog los und tauchte hinunter und wieder herauf, machte extra wilde Kapriolen und juchte genauso laut wie die beiden Seesterne.

„Das ist ja toll. Henry, wie toll ist das denn? Weiter weiter weiter!"

„Jaaaa, es ist superklasse. Diese Geschwindigkeit ist der Wahnsinn!"

„Jetzt weiß ich, warum ich das Ankleben am Wal so oft üben sollte."

„Ja, jetzt weißt du es", Henry lachte laut auf und wäre dabei fast vom Wal abgerutscht, als der eine ziemlich ungewöhnliche Kapriole machte.

Gunwald sagte nach einer Weile: „Respekt, dass du das die ganze Reise über ausgehalten hast."

„Ich habe auch sehr viel geübt, bevor ich die erste Reise gemacht habe. Das hat meine Muskeln aufgebaut."

Dann ging es wieder hoch und runter und wieder hoch und runter. Es war eine Achterbahnfahrt, die sie sehr forderte.

Plötzlich tauchte ein anderer Orca Wal auf. „Los jetzt, wir müssen weiter." „Die Seesterne müssen noch zurück." „Das geht nicht, Sohn. Für so etwas haben wir keine Zeit. Die anderen sind schon weit weg. Wir müssen sehen, dass wir sie noch einholen.", schimpfte die Mutter.

„Wollt ihr mit mir weiter?", fragte der junge Wal.

„Nein, wir reisen mit Jared.", antworteten beide Seesterne wie aus einem Mund.

„Dann müsst ihr jetzt absteigen." Er schüttelte sich kräftig. Henry und Gunwald fielen ab und sanken langsam auf den Meeresgrund.

Jetzt erst überlegten sie, wo sie wohl sein könnten.

Weit und breit sahen sie keinen Bekannten.

„Puh, ob wir Jared wiederfinden werden?"

Als sie den Gedanken schon aufgeben wollten, sahen sie an der Meeresoberfläche die Silhouette eines Wals. Sie schrien laut. Der Wal hörte es und tauchte unter.

„Jared, du bist es! Ooh, wie schön, dass du da bist." Die Seesterne jauchzten vor Freude.

„Ich habe mir schon gedacht, dass der Wildfang nicht zurückkommen würde. Darum bin ich hinterher geschwommen. Er ist wirklich soo schnell. Wahnsinn. Wie machen die das bloß? Aber egal, er schwamm im Kreis herum. Einen großen Kreis, aber eben einen Kreis. Und jetzt habe ich euch endlich wieder-gefunden."

Die drei freuten sich sehr darüber und waren glücklich, dass sie wieder vereint waren. Sie schwammen zurück zu der Insel. Es dauerte nicht lange, bis die vom Orca angekündigte Buckelwal-gruppe ankam. Und sie hatten Glück, auch sie wollten den Golfstrom entlang in Richtung Norwegen. Ihnen schlossen sie sich an.

Die Seniorengruppe

Die drei Freunde genossen die gemächliche Reisegeschwindigkeit sehr. Gerade nach der ganzen Aufregung mit Jareds Landgang, wie sie es nannten, war etwas Ruhe angebracht. Mit allen Sinnen nahmen sie das herrliche Geräusch des Rauschens wahr, wenn der Körper durch die Wellen glitt. Das tiefe, dunkle Meer unter ihnen der blaue Himmel über ihnen, das alles versprach ein neues Abenteuer in einem noch weit entfernten unbekannten Land.

Es stellte sich heraus, dass diese Gruppe Buckelwale eine Seniorengruppe war.
„So schnell wie die junge Generation können wir nicht mehr schwimmen. Darum haben wir älteren Wale uns

zusammengetan, um in unserer Geschwindigkeit zu reisen.", erklärte die Anführerin.

„Die wollten uns nicht mehr und haben uns aussortiert!", rief eine andere Waldame aufgebracht.

„Else, sie müssen doch so schnell sein. Die Paarungszeit beginnt. Da sollten sie pünktlich da sein, sonst gibt es keinen Nachwuchs, das weißt du doch noch, oder hast du das vergessen?" Else schüttelte wütend den Kopf: „Aber warum lassen sie uns einfach zurück?"

„Else, jetzt meckere doch nicht wieder rum, sonst lassen wir dich auch zurück."

„Liese sei ruhig. Wir sind nun eine Gruppe. Wir schwimmen hinterher und schauen, wie wir unseren Kindern und Enkeln helfen können." Die Anführerin versuchte ruhig zu bleiben.

„Aaach, halt du den Mund, Mathilda. Bis wir da sind, sind die schon wieder weg. So lerne ich meine Enkel nie kennen." Else unterstrich ihre Meinung mit einem besonders hohen Wasserstrahl aus ihrem Luftloch.

Mathilda, die Anführerin, holte tief Luft, blies sie schnaubend aus und sagte dann ganz ruhig: „Niemand hat dich gezwungen, mit uns zu reisen. Du hättest mit ihnen schwimmen können. Aber nun bist du hier und wir schwimmen so schnell, wie wir können." Mathilda drehte sich zu Else um und fragte: „Ist das klar!?!"

Else kuschte sofort und ließ sich bis ans Ende der Gruppe zurückfallen.

„War das nicht ein bisschen hart?",
fragte Gunwald.

Mathilda hatte das gehört und
sagte: „Nein, morgen hat sie es
wieder vergessen. Da fangen wir von
vorne an." Sie zwinkerte dabei ein
wenig mit ihrem linken Auge.

Else versuchte hinten in Jared, der
ja neu in der Gruppe war, einen
Verbündeten zu finden, indem sie
ihm etwas Krill zufächelte. Aber
Jared wehrte das mit netten Worten
ab: „Danke für deine Fürsorge, liebe
Else, aber ich muss mich um meine
beiden Freunde kümmern. Die
brauchen meine Hilfe. Meine eigene
Gruppe werde ich wohl erst im
nächsten Sommer vor Kanada
wiedertreffen." Mit den Worten
drehte er ab und schloss sich dem
vor ihm schwimmenden Wal an.
Else hob beleidigt ihre Nase aus dem

Wasser und pustete viele kleine wütende Wassersäulen in den Himmel. Fast so, als wolle sie ein Protestlied singen. Heraus kamen jedoch nur unzusammenhängende Töne, die außer ihr niemand verstand.

In aller Ruhe zogen sie weiter in Richtung Nordsee. Der Golfstrom leitete sie. Mathilda und eine andere Walfrau waren die jüngsten mit 49 Jahren. Alle anderen waren über 50 und Jared war mit seinen gut 55 Jahren der älteste Wal. Aber er hielt gut mit.

„Du wärst lieber mit den schnellen Orcas geschwommen, oder Henry?" Jared fragte es ganz leise.

„Nein, Jared. So wie wir jetzt reisen, ist es super." „Ja?", fragte Jared hoffnungsvoll. „Wir haben es nicht eilig.", antwortete Henry schnell.

Allerdings war das glatt gelogen. Sein Cousin Antonio würde bestimmt schon eine ganze Weile lang in Norwegen auf ihn warten. Und Sorgen würde er sich auch machen. Sie waren schon gut zwei Wochen überfällig. Die beiden Freunde planten bei jeder Reise immer einige Tage Karenz ein, weil man ja nie wusste, wie die Wale durchkommen würden. Irgendetwas Unvorhergesehenes passierte fast immer auf solch langen Reisen. Aber natürlich wollte er seinem alten Freund Jared kein schlechtes Gewissen machen, deshalb sagte er beruhigend zu Jared: „Ich sehe auf dieser Reise Sachen, die ich bei den letzten Atlantiküberquerungen gar nicht wahrgenommen habe. Dafür sind die Orcas zu schnell. Man ist mehr damit beschäftigt, sich festzuhalten."

„Wirklich?" Jared zweifelte noch immer.

„Ja, Jared, wirklich. Wir haben Riesentintenfische gesehen, die länger sind als du. Dann die Tiefseefische, die so seltsam aussehen und sogar leuchten, wenn du mal ganz tief ins Meer herunter getaucht bist. Wir haben gelernt, die Höhe der Wellen einzuschätzen. Die Wetten, wie weit sie rollen, machen einen Höllenspaß. Und dieses Rot der Sonnenauf- und Sonnen-untergänge. Bei dem schnellen Reisen nimmt man das gar nicht wahr. Jared, diese Eindrücke und Erlebnisse hast du mir geschenkt. Danke dafür, dass du die Strapazen für uns auf dich nimmst."

Jared wurde ganz warm ums Herz. So war er doch noch für etwas nütze. Dieses Gefühl stärkte ihn ungemein und machte ihn unglaublich stolz.

Die Weiterreise

Ihre Reise ging viele Tage weiter in Richtung Osten. Jared hatte sich ein wenig mit der Walfrau Karin angefreundet. Die zwei schwammen fast immer Seite an Seite und erzählten sich von ihren Freunden und ihren Nachkommen. Beide waren traurig, dass sie nicht mehr mit ihren angestammten Gruppen reisen konnten, freuten sich jedoch drüber, dass sie jetzt beisammen waren. Henry und Gunwald freuten sich mit ihnen mit. Außerdem waren sie erstaunt zu hören, was die beiden Wale in ihrem langen Leben alles erlebt hatten. Henry kannte Jared schon viele Jahre, aber so vieles hatte er nicht über ihn gewusst. So blieb die Reise immer interessant.

Nur die Walfrau Else war sauer. Sie schimpfte auf Karin, wo sie nur konnte. Henry hörte, wie sie sie schlecht machte: „Die blöde Ziege hat mir den Jared weggenommen. Der arme weiß gar nicht, auf was er sich bei der einlässt." Liese hatte nur müde geantwortet: „Vielleicht schwimmen sie ja einfach nur nebeneinander." Else keifte weiter: „Er kann doch auch neben mir schwimmen. Ich beiße doch nicht." „Aber du redest wie ein Wasserfall.", entfuhr es Liese. „Das mag er vielleicht nicht."

Else drehte sich beleidigt um. Sie schien zu den Frauen zu gehören, die ständig an allem und jedem etwas zu meckern hatten und beleidigt waren, wenn man ihnen sich aufgrund dessen von ihnen abwendete.

Henry lachte in sich hinein. Solche Meckerliesen gab es in seiner Seesternkolonie auch. So etwas war wohl unabhängig von der Spezies, zu der man gehörte.

„Ich glaube, Jared hat sich verliebt.", sagte er leise zu Gunwald. „Meinst du?" „Ja, er schaut sie immer so seltsam an." „In dem Alter noch verliebt?" „Warum nicht? Er ist doch ein prächtiger Walmann und Karin eine ebenso prächtige Walfrau." Gunwald meinte erstaunt: „Aber die wollen doch keinen Nachwuchs mehr, oder?" „Gunwald, das wird wohl nicht mehr gehen. Dafür sind sie wirklich zu alt, aber gemeinsam schwimmen und reisen können sie doch noch." Henry lachte.

„Ja, äh, natürlich können sie das." Gunwald schüttelte sich ein wenig.

Fast wäre er dabei abgerutscht. Darüber musste Henry so lachen, sodass auch er fast von Jared abgerutscht wäre.

Jared fragte: „Was ist los? Worüber lacht ihr?" „Gunwald hat mir einen Witz erzählt." „Welchen? Erzähl!" „Ach, Jared, es war ein wirklich blöder Seesternwitz. Über den kannst du nicht lachen." „Meinst Du?" Mit den Worten wendete er sich wieder seiner Karin zu. „Seesternwitze verstehen tatsächlich nur Seesterne. Ich konnte bislang über keinen einzigen lachen." Beide lachten und zwinkerten sich zu. Dann waren Henry und Gunwald wieder zweitrangig.

Ein trauriger Tag

Die Walgruppe machte immer wieder kurze Verschnaufpausen, in denen sie in Ruhe fraßen. Auch ihre mitreisenden Seesterne brauchten etwas zum Fressen. Sie ernährten sich nicht vom Krill wie die Wale, die ihre Nahrung auch während der Reise einnehmen konnten. Also machte man an Muschelbänken Pausen, sodass sich Henry und Gunwald dort ihre Mahlzeiten holen konnten. Während der Zeit tauchten die Wale manchmal sehr lange. Es war wohl eine Art Spiel oder Training. Das hatten die beiden Seesterne noch nicht heraus-bekommen. War aber eigentlich auch egal. Während Henry und Gunwald in Ruhe ihre Mahlzeit verdauten, kam plötzlich Unruhe in der Walgruppe auf.

„Sie ist schon lange in der Tiefsee.", meinte Karin. „Ach, sie übt für einen Marathon Wettbewerb.", antwortete Liese. „Also ich weiß nicht, so lange war Mariechen noch nie unter Wasser", meinte eine andere Walfrau. „Wie lange ist sie schon weg?", fragte Liese. „Also ich habe in der Zeit schon dreimal Luft holen müssen." Liese schaute die Walfrau alarmiert an: „Das ist in der Tat lange. Jemand muss mal nach ihr schauen. Ich werde Minchen bitten, das zu tun."

Minchen kam schon wenige Minuten später wieder hochgeschossen. Sie pustete aufgeregt. „Da stimmt was nicht. Sie sinkt immer tiefer und rührt sich nicht." „Maariiiiechen!!!", schrie eine Walfrau aufgeregt und schoss in die Tiefsee hinunter. Es war Mariechens Freundin Erika. Die anderen Wale tauchten hinterher. Sie versuchten Mariechen nach oben zu hieven, indem sie unter sie schwammen, um sie auf ihren großen Mäulern nach oben zu tragen. Einige Male rutschte Mariechen von den Helfern ab, aber die Freunde gaben nicht auf. Und endlich gelang es. Sie trugen sie nach oben an die Wasseroberfläche, damit sie endlich wieder Luft holen konnte. Aber es passierte nichts. Erika stupste sie immer wieder an, aber es kam keine Reaktion. Erika heulte und schrie, aber es nützte nichts. Mariechen hörte sie nicht mehr. Mariechen war gestorben.

Schließlich konnten die Wale sie nicht mehr halten und ließen sie los. Mariechen sank langsam nach unten in die Tiefsee hinein.

Liese stimmte das Trauerlied der Buckelwale an. Alle stimmten ein und geleiteten die alte Waldame hinunter auf den Meeresgrund. Jeder verabschiedete sich von ihr und schwamm wieder an die Meeresoberfläche. Nur Erika konnte sich nicht trennen. Lediglich zum Luftholen schwamm sie hoch, um sofort wieder unterzutauchen. Man ließ sie das den Rest des Tages machen. Erst am nächsten Morgen ging es weiter. Die Anführerin Mathilda und Liese mussten Erika von ihrer toten Freundin weglotsen und sie ergab sich widerwillig in ihr Schicksal, das ihr ohne ihre Freundin so sinnlos erschien. Traurig schaute sie sich immer wieder um, ob Mariechen nicht doch wie durch ein Wunder hinterher-kommen würde. Erst viele Kilometer weiter gab Erika die Hoffnung auf und folgte laut klagend der Gruppe.

Ein Wal in Not

Langsam näherten sie sich wieder dem Festland. Die ersten Möwen begleiteten die Wale laut kreischend. Einige Delfine gesellten sich zu ihnen. Sie liebten es, die riesigen Wale zu ärgern. Als sie jedoch bemerkten, dass es sich um eine Seniorengruppe handelte, gaben sie ihre frechen Vorstöße bald auf. Die Alten waren ihnen zu langweilig. Das fanden übrigens auch ein paar junge Heringshaie, die die gemächlichen Buckelwale auch antreiben wollten. Doch die ließen sich von den pfeilschnellen, silbrig glänzenden Jugendlichen mit ihren reißerischen Zähnen nicht beeindrucken. Für die Wale waren die Haie lästig wie Fliegen, die sie mit ihren riesigen Flossen einfach wegscheuchten. Und für die Haie war es zu langweilig, dass sie die Wale nicht aus der Reserve locken konnten.

Das Festland war die große Insel Irland, an deren Küste die Wale auf der westlichen Seite entlang schwammen. Henry und Gunwald staunten über die zerklüfteten Felsen, die die Wellen des Atlantiks geformt hatten. Auf einigen gab es riesige Muschelbänke, sodass die beiden ihren immensen Hunger oft stillen konnten.

Nachdem sie Irland verlassen hatten, kamen sie an der Steilküste von Schottland an. Auch dort machten sie noch eine kurze Pause, bevor es weiter in Richtung Norwegen ging.

Die Reise war trotz einiger Stürme recht behäbig, bis Karin auftauchte und einatmen wollte. Doch plötzlich ging nichts mehr. Sie rang nach Luft, bekam aber keine. In ihrer Panik schlug sie wild um sich. Jared wusste nicht, was er tun sollte. Und dann sah Henry den Grund.

„Jared, da steckt etwas in ihrem Blasloch." Jared schaute hin und erkannte etwas Schwarzglänzendes. Das seltsame Ding hatte sich unglücklicherweise so festgesetzt, dass Karin weder Luft einatmen noch die vorhandene ausatmen konnte. Ihre Blaslöcher waren verstopft. Jared schlug mit seinem Maul immer wieder darauf, aber er traf es selten, denn Karin wand sich wie ein Aal und Jared war zu aufgeregt.

Henry schrie um Hilfe. Mathilde und Liese rasten heran, erkannten das Problem und nahmen Karin fest zwischen sich, sodass sie sich nicht mehr hin und her winden konnte. Minchen versuchte mit ihrem Maul, das schwarze Ding zu entfernen. Da Buckelwale jedoch keine Zähne haben, gelang es nicht. Einige Delfine waren gekommen, um zu schauen, warum die Wale so aufgeregt waren. Sie schwammen zu Karin und rissen mit ihren kleinen, scharfen Zähnen an dem Ding herum. Langsam löste es sich aus dem Sog von Karins Versuchen, Luft zu holen. Es war eine große schwarze Plastiktüte, die die Delfine herauszogen. Nach einer gefühlten Ewigkeit machte es endlich plopp, die Tüte war weggerutscht und Karin konnte endlich wieder Luft holen.

Jared freute sich so sehr, dass er die anderen Walfrauen fast rammte.

Henry bedankte sich sehr überschwänglich bei den Delfinen: „Danke für eure Hilfe! Das war so genial, wie ihr das gemacht habt." Die Delfine machten vor Freude einige Purzelbäume und klatschten besonders laut auf die Meeresoberfläche auf. Aber dann wurden sie sehr ernst: „Das ist der Müll von Menschen. Der ist überall. So viele von uns sterben an diesen Plastikdingern." Erst jetzt fiel es den Walen und den Seesternen auf, dass sie solche und ähnliche große und kleinere Stücke aus Plastik bereits die ganze Zeit gesehen hatten. Sie wussten aber nicht, was das war. Jared meinte: „Wenn ich so nachdenke, dann schmeckt das Wasser seit einiger Zeit etwas seltsam. Der Krill schmeckt auch nicht mehr wie früher. Ich habe oft

Magenschmerzen. Allerdings dachte ich, dass das am Alter liegt." Die Delfine riefen: „Das geht uns auch so. Das ist der Plastikmüll, der vom Wasser und Sand klitzeklein gescheuert worden ist. Das bekommt uns allen wohl nicht so gut."

Alle seufzten und nickten: „Ja, jetzt, wo du es sagst. Geht uns auch so …"

Im Laufe der Jahre waren diese Plastikstückchen immer mehr geworden. Erst jetzt fiel es ihnen auf. Vorher hatten sie sich kaum Gedanken darüber gemacht. Doch jetzt hatte es erstmals in ihrer Gruppe fast einen Wal das Leben gekostet.

Nachdenklich schwammen sie weiter.

Um Schottlands Küste im Norden herum wurde es richtig wild. Der Atlantik traf auf die Nordsee. Die Wellen donnerten an die vielen zackigen Felsen. Tausende weiße Flocken spritzten hoch hinaus in den Himmel und platschten wütend wieder an die Felsen oder auf das Meer herab. Der Sog der Wellen zog sogar die riesigen Wale mit sich. Man musste sehr aufpassen, dass man nicht zu nah ans Festland kam. Es war wahnsinnig gefährlich dort. Die alten Buckelwale kannten diese Stelle und hielten entsprechenden Abstand.

„Einer meiner Söhne ist dort gestorben.", sagte die Waldame Erika und schaute seufzend auf die scharfkantigen Felsen. „Er wollte nicht hören und ist zu nah hingeschwommen. Er hatte die Flut der Gezeiten nicht bedacht." Sie schluchzte laut: „Wir konnten ihm nicht helfen." Liese kam und tröstete Erika ein wenig. Sie rieb einfach ihren Kopf an dem ihren und sang leise ein Lied, dessen Text die Seesterne nicht verstanden. Auch Jared verstand davon nicht viel.

„Die beiden kommen aus dem nördlichen Raum. Den dortigen Dialekt verstehen nicht sehr viele Wale.", erklärte Mathilde auf Nachfrage. „Wir sind ein zusammen-gewürfelter Haufen", erklärte sie weiter. „Von überall her kommen die alten Wale. Genau wie du auch, Jared. Auch du hast einen Akzent, der in deiner angestammten Gruppe gesprochen wird. Aber er ist uns nicht so fremd wie der von Erika und Liese."

„Stimmt, Karin spricht auch leicht anders als ich." Jared strahlte sie an. „Aber wir verstehen uns blendend.", meinten beide lachend.

Ankunft in Norwegen

Weiter ging es an den Shetland Inseln vorbei und dann dauerte es nicht lange, bis sie in Norwegen waren.

Hier trennten sie sich von der Walgruppe. Jared kam mit den Seesternen mit, obwohl er schrecklich traurig darüber war, dass er Karin verlassen musste.

Henry hingegen wurde ganz aufgeregt. Ob Antonio wohl noch da war? Er wagte es fast nicht zu glauben. Schon einen Tag später kamen sie an der Stelle an, an der es den Nationalpark, ihren Treffpunkt, gab. Dort waren nicht so viele Menschen wie an den anderen Küsten. Sie schwammen die Küste ab und riefen nach Antonio. Unter ihnen gab es einige Muschelbänke und auch viele Seesterne, aber

Antonio konnten sie nicht entdecken. Henry wurde schon ganz traurig. Doch dann hörte er seinen Namen. Jemand rief ihn immer wieder. „Heeeenryyy, hier bin ich! Endlich kommst Du!!!" „Jaaaa, Antonio. Du hast auf uns gewartet, wie schöööön." Jubelnd ließ sich Henry von Jared abfallen und schwebte in Antonios Arme. Sie kugelten eine ganze Weile lang auf dem Meeresboden herum, bis sie nicht mehr konnten.

„Henry, mein Freund. Ich dachte schon, es wäre was passiert. Aber jetzt bist du da. Hurra!" Jared und Gunwald guckten sich das liebevolle Gerangel amüsiert an und lachten.

„Antonio, du glaubst gar nicht, was wir alles erlebt haben."

Und dann stellte Henry seine beiden Freunde vor: „Antonio, das ist mein

Freund Gunwald und der Wal ist unser Freund Jared. Er hat sich bereit erklärt, uns zu dir zu bringen."

„Wunderbar. Jared, danke, dass du die beiden heil hergebracht hast. Und Gunwald, wie schön auch dich kennenzulernen."

Antonios herzlicher italienischer Art konnte man sich kaum entziehen.

Sie freuten sich, noch eine Weile lang zusammen zu sein, doch dann verabschiedete sich Jared: „Ich will Karin folgen." „Kriegst du sie noch ein, Jared?" „Ich weiß, wohin sie wollen." „Bist du sicher?", fragte Henry besorgt, denn sein großer grauer Freund war manchmal recht vergesslich. „Ich hoffe es, Henry. Ich muss es wenigstens versuchen."

Jared schwamm los. Und dann passierte etwas, womit niemand

gerechnet hatte. Karin war plötzlich da. Sie war ihrem Jared hinterhergeschwommen, um ihn wieder zur Gruppe zu holen. Die beiden schauten sich so verliebt an, dass alle Tiere hier feuchte Augen bekamen, sofern man das bei Meerestieren so nennen kann.

Alle klatschten, als sich die beiden Flosse an Flosse entfernten. Jared drehte sich noch einmal um und winkte den Seesternen zu. Er sang ein Abschiedslied für sie und wünschte ihnen alles Gute.

„Vielleicht sehen wir uns nächstes Jahr in Kanada." Und dann folgte er fröhlich seiner neuen Liebe.

Antonio

Die drei Freunde erzählten einige Tage lang von ihren Abenteuern. Auch Antonio hatte einige erlebt. Er hatte, obwohl er näher an Norwegen lebte als Henry und Gunwald, eine fast so weite Reise hinter sich. Er musste von Italien aus durch die Meerenge von Gibraltar hindurch. Auf der Seite des Atlantiks wartete er, bis ein Wal vorbeikam, der Richtung Norden schwamm. Das hatte eine ganze Weile lang gedauert. In der Zeit hatte er sich mit einer Möwe angefreundet. Eigentlich hatte sie ihn fressen wollen, aber Antonio war ihr zu pieksig. Als junge Möwe wusste sie noch nicht, dass Seesterne zu hart waren, um sie aufzufressen. Also hatte sie ihn wieder fallengelassen. Antonio war in Strandnähe im

Wasser gelandet. Die Möwe kam, um sich genau anzuschauen, was sie da für einen seltsamen Fang gemacht hatte. Und so kamen sie ins Gespräch. Sie erzählten sich aus ihren Leben. Die Möwe hieß Antonia, also fast so wie Antonio. Darüber mussten die beiden sehr lachen und verbrachten einige Zeit miteinander. Wenn Antonia etwas Besonderes sah, dann schnappte sie sich Antonio und nahm ihn mit in die Lüfte. Allerdings nicht sehr lange, denn Seesterne konnten nicht lange außerhalb des Wassers sein. Dafür zeigte ihr Antonio besondere Stellen unter Wasser. Natürlich konnte die Möwe nicht lange unter Wasser bleiben, denn dort bekam sie keine Luft. Dennoch erlebten die beiden ungleichen Freunde vieles gemeinsam. Und was nicht gemeinsam ging, das wurde eben wild gestikulierend und mit blumenreicher Sprache erzählt. Antonios fünf Arme und seine italienische Mentalität halfen ihm bei den Beschreibungen gut weiter.

Der Abschied war beiden schwergefallen, als der Wal kam und Antonio abreiste.

„Henry, du glaubst nicht, wie wundervoll die Welt von oben aussieht. Und wie groß der Atlantik ist. Unglaublich!" Antonio war noch ganz voll von den Erlebnissen in der Luft. „Ich hoffe, dass du das auch bald erleben kannst." Henry und Gunwald staunten nicht schlecht und hofften auch, dass sie das einmal würden erleben könnten.

Antonios Reise führte an Portugal und Frankreich vorbei. Sie schwammen an Irland vorbei und ab da war die Route so, wie die, die Henry mit seinen Freunden genommen hatte, indem sie dem Golfstrom folgten.

Schon bald hatte Antonio eine Stelle gefunden, wo er sich anderen Seesternen anschließen konnte. Es gab genügend Muschelbänke und vor allem Seeigel, die Seesterne auch gerne jagten.

Antonio hatte bei jeder Walgruppe, die hier ankam, gefragt, ob sie Henry gesehen hatten. Von Gunwald und Jared wusste er ja bis zu dem Zeitpunkt nichts. Niemand konnte ihm Auskunft geben, bis ein junger Orca Wal eintraf. Er erzählte von Henry, Gunwald und einem alten Buckelwal, der mit ihnen auf Reisen war.

„Da wusste ich, dass es länger dauerte, bis ihr hier ankommen würdet. Also habe ich mich hier häuslich niedergelassen und bis jetzt auf euch gewartet." Antonio strahlte die beiden Seesterne an, die ihn ebenfalls anstrahlten.

„Wie schön, dass wir uns endlich wiedersehen!", jubelte Henry.

„Jaaa", schrie Antonio. Beide umarmten sich wieder. Dann rannten sie auf Gunwald zu und umarmten ihn ebenfalls. Fast hätten sie ihn erdrückt. Er konnte gerade noch aufschreien: „Loslassen!!!"

„Wohin wollen wir jetzt gehen?", fragte Henry.

„Kommt mit in den Weihnachtsbaumwald."

„In den was?"

Antonio lachte: „Die Menschen feiern doch jedes Jahr Weihnachten. Jede Familie hat eine Tanne als Weihnachtsbaum. Und wisst ihr, nach Weihnachten brauchen sie den Baum nicht mehr. Sie werden weggeworfen. Darum ist eine Menschenfrau darauf gekommen, die Bäume ins Meer zu bringen, damit sich die Fische darin verstecken können. Na ja, und wir können uns dort auch niederlassen. Die Tannennadeln sind zwar recht pieksig, aber nicht so lang wie die Stacheln der Seeigel. Insofern ist man ganz gut geschützt und kann in Ruhe dort schlafen."

„Na dann nichts wie hin." Henry und Gunwald folgten Antonio zu seinem Wald.

Das Weihnachtsfest

Im Weihnachtsbaumwald erwartete die Freunde eine Überraschung. Antonio hatte sich in der Zeit, in der er auf Henry gewartet hatte, mit vielen Meeresbewohnern angefreundet. Antonio begegnete allen Wesen mit Herzlichkeit, weshalb man ihm eben auch mit Freude und Freundlichkeit entgegenkam. Deshalb waren sie auch sofort dabei, als er für Henry einen besonderen Empfang machen wollte. Er hatte die Heringe gebeten, zum Wald zu schwimmen und dort den schönsten und größten Baum auszusuchen. Im Schwarm schafften sie es, ihn in der Mitte der Lichtung aufzustellen. Die Seesterne kamen herbei und fingen an, den Baum zu schmücken. Der größte unter ihnen sollte oben auf der Spitze des Baums sitzen. Sie holten sich leere

Muschelschalen und hängten sie an die Spitzen der unteren Äste. Die kleinen Seesterne durften sich in der Mitte des Baums einen Ast aussuchen. Viele Algen kamen, setzten sich auf die Tannennadeln und leuchteten wie Kerzen. Auch einige Seepferdchen kamen herangeschwebt. Sie suchten sich die leeren Tannenspitzen aus und hingen sich kopfüber daran. Einige Wattwürmer hatten sich zu einer langen Schlange verbunden und legten sich um den Baum herum. Als Schmuck durften sich nur für diesen Moment die kleineren Tintenfische an sie dranklammern. Es gab sie in verschiedenen Farben, manche konnten sogar ihre Farbe wechseln, sodass der Baum aussah, als ob eine Lichterkette an und aus ging.

Das alles hatten sie vorbereitet. Ein kleiner Schwarm Heringe war zu Antonio zurückgekommen, um ihm von der Fertigstellung zu berichten. Als die drei Freunde dann aufbrachen, schwammen die Heringskuriere ganz schnell vor, um den Teilnehmern des Festes zum Empfang von Henry und seinen Freunden die Ankunft mitzuteilen. Es klappte alles, na ja fast alles, denn eine Welle brachte die Anordnung durcheinander. Alle schrien durcheinander, schafften es aber doch noch, sich einigermaßen wieder auszurichten.

Als die Freunde ankamen, leuchtete der Baum schon von weitem. Henry staunte und staunte. Gunwald staunte noch mehr und Antonio freute sich wie verrückt, dass die Überraschung gelungen war.

Es wurde ein wunderbares Fest, an dem sich alle ihre Lebensgeschichten erzählten. Und jede einzelne war so spannend und ungewöhnlich. Es wurde viel gelacht und sie sangen gemeinsam – zwar schräg, aber dafür aus voller Brust. Alle waren entspannt und glücklich. Und Henry war sowieso der Meinung, dass Feiern und Reisen die beste Kombination überhaupt waren.

Seestern Henry auf Sondermission

„Henry, komm gesund wieder!"
„Pass auf dich auf!" „Musst du denn
unbedingt wieder los?" So riefen alle
Seesterne durcheinander, die zur
Verabschiedung von Henry
gekommen waren. „Es ist doch so
unsicher geworden, Henry bleib
hier."

„Der lässt sich doch nicht aufhalten.
Hat wieder Reisefieber.", grunzte
Arabella. Sie schüttelte verächtlich
den Kopf. Als sie jedoch sah, dass
ihr Gunwald Anstalten machte, mit
ihm zu reisen, hielt sie ihren
wirklich großen Mund und schaute
ihn traurig an. Da meinte Gunwald:
„Dieses Mal bleibe ich hier,
Arabella." Lächelnd drehte er sich
zu ihr um und umarmte sie mit
einem seiner Arme. Mit einem
anderen umarmte er Henry und
flüsterte ihm zu: „Pass auf dich auf.

Es ist etwas sehr Seltsames im Gang. Niemand weiß so genau was. Aber alle spüren es. Ich werde hier die Stellung halten. Vor allem während der Fortpflanzungsphase ist es wichtig, dass jemand hier ist, der aufpasst." Henry lachte laut: „Du bist auch bald dran, was Gunwald? Das willst du nicht verpassen mit deiner Arabella." Gunwald guckte verschämt zur Seite, lachte dann aber mit: „Ja, da hast du recht. Bald bin ich dran." Henry wurde schnell wieder ernst: „Du hast recht. Jemand muss hier aufpassen. Und du bist der beste Seestern dafür."

Henry drückte seinen Freund und flüsterte ihm zu: „Hoffen wir, dass wir uns alle täuschen."

Henrys erneute Abreise war notwendig geworden, weil es sehr

beunruhigende Nachrichten aus dem Schwarzen Meer gab. Bereits auf dem jährlichen Fest der Freundschaft vor einigen Monaten hatten viele Verwandte, die dort in der Region am Mittelmeer wohnten, davon berichtet. Das Fest war normalerweise fröhlich, mit viel Lachen und Geschichten erzählen. Jeder hatte unterschiedliche Abenteuer erlebt. Doch dieses Mal war die Stimmung irgendwie bedrückt. Obwohl sich alle bemühten, unbeschwert zu sein, machten die Berichte einiger Seesterne nachdenklich. Ob es zu einer Katastrophe kommen würde? Die Frage stand unausgesprochen im Raum.

Die griechische Verwandtschaft von Henrys Cousin Antonio hatte von höchst ungewöhnlichen Bewegungen in Richtung der Meerenge Bosporus berichtet. Wesentlich mehr Schiffe der Menschen waren dorthin gefahren.

„Es sind aber nicht die weißen Schiffe, auf denen so viele Menschen sind, die zum Schnorcheln und Tauchen kommen und Oh und Aah schreien, wenn sie uns sehen. Nein, es sind schwarze Ungetüme, die gefährlich röhren.", hatte ein Grieche berichtet. Ein anderer Seestern hatte das bestätigt: „Auch lange schwarze Schiffe, die nicht auf, sondern unter Wasser fahren, sind dort hingeschwommen." Seine Frau nickte heftig: „Sie sehen fast aus wie Wale, aber die stinken irgendwie ganz schrecklich. Wie soll ich sagen, …, na ja, sie stinken wie … wie der Tod, glaube ich."

Alle schauten die Seesternenfrau entgeistert an.

Die ukrainischen Verwandten hatten ebenfalls berichtet, dass sich im Schwarzen Meer viel mehr Schiffe als sonst aufhielten. Die waren wohl aus den Flüssen vom Norden her dorthin gekommen. „Sie scheinen sich zu sammeln. Fast so, als würden sie auf ein Zeichen warten", hatte einer gemeint.

Kurz vor der Abreise der Seesterne zum letzten Fest der Freundschaft waren viele dieser Schiffe wieder weggefahren. Aber ob sie ganz verschwunden waren? Niemand wusste, was das bedeutete. Die Seesterne, die dort wohnten, waren sehr beunruhigt gewesen. Man hatte ihre Angst förmlich spüren können.

Die Freude der jungen Seesterne an dem Fest hatte die Sorgen für einen Moment vergessen lassen. Die Ausgelassenheit war für einige Zeit zurückgekehrt. Allerdings hatte etwas Bedrohliches in der Luft geschwebt. Etwas, das man fühlen, aber nicht fassen konnte. Auf jeden Fall schien es gefährlich zu sein. Da waren sich alle einig gewesen.

Die Feier war nun drei Monate her. Inzwischen war der Winter auf der Nordhalbkugel eingezogen. Er war nicht mehr so kalt wie früher, was eigentlich alle begrüßten, obwohl es auch erstaunte. Unterschwellig beunruhigte es, aber auch das verdrängte man. Wenn man im milden Klima gutes Essen bekam und sich ohne größere Vorsichtsmaßnahmen vor kalten Temperaturen bewegen konnte, nahm man das eben ohne großes Nachdenken so hin.

Dass es inzwischen Fische und andere Tiere in den heimischen Regionen gab, die man nicht hier erwartete, sondern eher im Süden vermutete, wurde anfangs erstaunt zur Kenntnis genommen. Neugierig bestaunte man diese neuen Nachbarn. Inzwischen machte es jedoch mehr und mehr nachdenklich, denn es wurden immer mehr.

Manchmal fragte sich Henry, wie alle satt werden sollten. Wenn noch mehr kämen, würde das Futter knapp werden und im nächsten Jahr würde nicht mehr genügend nachwachsen können, weil alles weggefressen war.

Henry erinnerte sich an ein Gespräch mit der Verwandtschaft

aus der Arktis. Dort war das nämlich bereits der Fall. Sie hatten erzählt, dass das Meer immer wärmer wurde, weshalb immer mehr Meeresbewohner vom Süden in den Norden in die kühleren Gegenden einwanderten. Dadurch fanden alle weniger zum Fressen. Besonders die Eisbären litten darunter, denn ihnen schmolz ihre Welt im wahrsten Sinne des Wortes unter den Tatzen weg. Doch weiter in den Norden konnten sie ja nicht. Die Welt der Kälte war dort oben zu Ende. Deshalb waren schon viele Eisbären zu Landbären geworden. Aber auch dort, in den nördlichen Wäldern von Kanada und Russland, wurde es enger und enger. Zudem vertrieben die Menschen ihre Wildtiere in immer kleiner werdende Areale. Und die überfüllten sich zusehends. Wodurch so viele Lebewesen hungerten. Die Tiere mussten sich verändern, weil sie in den wärmer werdenden Gegenden einfach nicht überleben konnten. Das war auf dem Land genauso wie unter Wasser. Darum floh alles, was schwimmen und wandern konnte, in den Norden. Doch dort hatten sie bereits das Ende der Welt erreicht. Andere versuchten sich an das sich verändernde Klima in ihrer Gegend anzupassen, aber es gelang den wenigsten.

Durch all diese Überlegungen legte sich ein Schatten von Unsicherheit auf die Lebewesen im Meer. Die Wale und die Delfine, die weit auf der ganzen Welt umherwanderten, erzählten ebenfalls von dieser Art Völkerwanderung gen Norden. Der Süden war so heiß geworden, dass nicht nur die Tiere, sondern auch die Menschen nach Norden wandern mussten. Durch die Hitze trocknete das Land aus, die Flüsse versiegten, das Meer und auch die Luft wurden jedes Jahr wärmer. Wenn sie überleben wollten, hatten sie nur eine Chance: Sie mussten sich im Norden neu ansiedeln.

Anfangs hieß man sie dort auch willkommen. Aber dann konnte niemand mehr etwas Zusätzliches abgeben, denn auch in den milderen Gegenden machte sich der Klimawandel bemerkbar. Dadurch kam Hass auf. Die Geflüchteten hatten nichts zu verlieren und kämpften um jeden Bissen und um jedes Stückchen Land. Das führte dazu, dass sich die Einheimischen wehrten. So kam es zu Auseinandersetzungen. Wobei die

Zugereisten oftmals mit dem Klima und dem Nahrungsangebot nicht zurechtkamen und dadurch noch geschwächter waren.

Es war schrecklich. „Und genau solche Situationen führten zu Kriegen. So wie es wohl auch am Bosporus sein könnte.", sagte Henry mehr zu sich selbst. Es waren mehr und mehr Hilferufe aus der Region gekommen. Man hatte sogar einige junge Seesterne losgeschickt, um Hilfe herzuholen. Einer hatte es geschafft, bis nach Amerika durchzukommen. Von dort aus wurde Henry benachrichtigt, mit der Bitte, sich vor Ort selbst eine Meinung zu bilden und eventuelle Hilfsmaßnahmen einzuleiten.

Vielleicht müsste er sogar die dort ansässigen Seesterne evakuieren. Natürlich würde er helfen.

All diese Gedanken gingen Henry durch den Kopf, bevor er auf seine lange Reise von Amerika zum Schwarzen Meer gegangen war.

Er hatte einen der schnellsten Schwertwale genommen, die es gab. Der Orca sauste durch den Atlantik bis Gibraltar, aber dennoch dauerte es natürlich einige Wochen, bis sie den Atlantik überquert hatten. Von Gibraltar aus ging es weiter mit einem Delfin. Sie waren wendiger und auch schneller als die Mittelmeerwale.

In Italien machte Henry kurze Rast. Er wollte seinen Cousin Antonio abholen. Henry brauchte Antonio nicht lange dazu überreden, mit ihm auf Rettungsmission zu gehen. Er war sofort dabei. Sehr zum Ärger seiner Familie, die das ganze

Unterfangen für zu gefährlich einstuften.

Aber Antonio setzte sich durch: „Wir müssen wenigstens den Versuch unternehmen. Oder im schlimmsten Fall die Seesterne dort herausholen. Wären wir in solch einer Situation, wären wir auch froh über jede Hilfe." Gegen diese Worte konnte niemand mehr etwas sagen. Und man merkte, dass auch bereits hier die Angst vor Krieg eingezogen war. Sie war präsent, wenn auch unausgesprochen. Denn eigentlich wusste niemand, was Krieg war. Es ging um Territorien, um Besitz, um Essen. Darum kämpften Seesterne jeden Tag, darum verstanden sie es nicht, was dann noch der Grund sein sollte.

„Es werden viele sterben, wenn wir nichts unternehmen.", erklärte

Henry, „Die Menschen bringen sich und viele von uns einfach um, weil sie das Land haben wollen, obwohl sie selbst doch wohl noch genügend zum Überleben haben." Nach einer Pause setzte er hinzu: „Oder haben vielleicht auch sie nicht mehr genug Platz auf der Erde?". „Das verstehe, wer will.", brummte Antonios Opa, „Ich bin schon so alt, aber so etwas habe ich noch nicht erlebt." Henry antwortete nachdenklich: „Bei uns auch noch niemand, aber es gibt einige Märchen, die immer wieder erzählt werden. Schreckliche Märchen. Sie handeln von Krieg, von Explosionen und von vielen Toten. Vielleicht haben die einen realen Hintergrund?!?"

Alle waren sehr ernst, als Henry und Antonio abreisten.

Der junge Delfin, der sie mitnahm, hieß Luis. Er wollte zum Bosporus, weil er so seltsam beunruhigende Dinge gehört hatte, die im Schwarzen Meer vor sich gingen. Einige seiner Verwandten lebten im Marmarameer, am Bosporus und auch im Schwarzen Meer. Er wollte sie warnen, dass vom Atlantik her noch mehr Schiffe kamen, die sehr gefährlich aussahen.

„Noch gefährlicher als Fischerboote oder tauchende Menschen?", wollte ein Seestern wissen, der ebenfalls mit ihnen reiste. Er wollte zu den Dardanellen. „Dort ist es ein Abenteuer, Urlaub zu machen. Das Gewässer ist schmal. Also im Vergleich zum Meer. Deshalb gibt es so viel Aufregendes zu erleben. Und dieses Prickeln im Bauch brauche ich hin und wieder." Er strahlte bei dem Gedanken an die Zeit, die vor ihm lag.

„Die Schiffe sind viel gefährlicher!", bestätigte Henry, „Sie machen innerhalb kürzester Zeit alles kaputt. Die Fischer fischen in der Regel nur. Und das ist schon schlimm für viele Meeresbewohner. Aber diese anderen Schiffe zerstören innerhalb kürzester Zeit das Meer, das Land und deren Bewohner. Oftmals ist es für immer kaputt und unbewohnbar."

Luis wurde immer schneller, als er das hörte. In dieser langen Meeresenge, den Dardanellen, die vor dem Marmarameer lag, ließ er den Urlauber-Seestern absteigen. Der wollte trotz der beunruhigenden Nachrichten versuchen, sich dort eine schöne Zeit zu machen. So richtig glaubte er wohl nicht an die Gefahr.

Bei der Weiterreise in den schmalen Wasserarm der Dardanellen musste Luis ganz schön aufpassen, dass sie nicht gesehen wurden. Einen weiteren Aufschub wollte niemand riskieren. Menschen waren so gierig auf Delfine und Seesterne. Sie wollten sie unbedingt anfassen und jagten sie deshalb. Aber für solche Sachen, die die Delfine manchmal sogar gerne als Spiel mitmachten, war jetzt keine Zeit. Gerade als sie im Marmarameer angekommen waren, kamen ihnen einige Delfine entgegen. Es waren tatsächlich Verwandte von Luis, die aus ihrer angestammten Gegend flüchteten. Sie hatten ihr ganzes bisheriges Leben in dem kleinen Meer verbracht. Allerdings gab es dort immer öfter schrecklich laute Geräusche, die sie fast taub werden ließen. Die meisten Fische, die ihre Nahrung waren, hatten das nicht überlebt, weshalb es nicht mehr genug zum Fressen gab. Darum wollten sie von dort fort und zu Verwandten wandern, die im Mittelmeer vor Afrikas Ostküste lebten. Da sie den Weg nicht kannten, beschloss Luis mit ihnen zu schwimmen. Er war schon einige Male in der Gegend gewesen und konnte ihnen den Weg zeigen. Dort würden sie hoffentlich ein neues Zuhause finden.

Henry und Antonio verstanden das, wenngleich sie darüber traurig waren. Luis war ein angenehmer Reisebegleiter gewesen. Allerdings waren sie durch die erneuten Berichte der Delfine noch beunruhigter. „Wir müssen uns beeilen und auch unsere Verwandten von dort wegholen", sagte Henry ängstlich. Antonio meinte leise: „Dann los. Verplempern wir keine Zeit mehr. Wir müssen sie schnell finden!"

Sie hatten Glück. Sie konnten ein kurzes Stück mit einem Tintenfisch weiterreisen. Er brachte sie durch den Bosporus ins Schwarze Meer.

Dort trafen sie auf einen Abenteurer, der sie mitnehmen wollte, obwohl beiden dabei etwas mulmig war. Es war nämlich ein Dornhai. Und vor Haien hatten die meisten Lebewesen große Angst. Es waren Jäger, die fast alles fraßen, was ihnen vor die Nase kam. Seesterne gehörten nicht unbedingt zu deren Nahrung, aber man konnte ja nie wissen … Da sich aber keine andere Mitschwimmgelegenheit fand, mussten sie das Risiko eingehen, mit ihm zu reisen. Außerdem wussten die beiden Seesterne, dass er sie nicht fressen konnte, wenn sie sich auf den Rücken gleich hinter dem Kopf des riesigen Tieres setzten. So gelenkig waren Haie nicht, als dass sie ihren Kopf dorthin biegen konnten.

Ben, so hieß der Hai, wollte in die Nähe der Seesternkolonien, die in der Mitte des Schwarzen Meeres waren. Und genau dorthin wollten die beiden Seesterne auch. Ben war irgendwie anders als die Haie, die Henry und Antonio kannten, denn er interessierte sich anstatt für das Jagen der Meeresbewohner für ganz seltene Steinformationen im Schwarzen Meer. Von den dortigen Unruhen hatte er überhaupt nichts mitbekommen, obwohl auch er die noch größere Angst der Meerestiere spürte. „Aber wisst ihr, ich dachte, ich mache den Bewohnern hier vielleicht besonders große Angst. Wenn ich komme, sind sowieso alle Tiere aufgeregt. Wir Haie haben diese Wirkung auf die anderen Meeresbewohner." Das konnte Henry bestätigen. Sobald ein Hai auftauchte, gab es noch größere Aufregung, als wenn ein anderer Raubfisch kam. Zu dieser permanenten Beunruhigung durch Räuber war jedoch neuerdings das Gefühl hinzugekommen, dass es seit einiger Zeit eine völlig neue, ihnen unbekannte Gefahr gab. Eine, die sogar die räuberischen Haie, die kaum Feinde hatten, beunruhigte. Ben ganz schwamm im Gegensatz zu seinen Verwandten recht gemächlich vor sich hin. Die beiden Seesterne trieben ihn immer wieder dermaßen an, sodass er für einige Minuten in Super-Geschwindigkeit vorwärtsschwamm. Aber dann sah Ben etwas auf dem Meeresgrund, tauchte tief hinunter und betrachtete dieses Etwas neugierig und ausgiebig. Henrys Geduld wurde auf eine harte Probe gestellt. Er schrie Ben an: „Kannst du das nicht auf dem Rückweg anschauen? Wir haben es wirklich eilig. Wir müssen unsere Verwandten retten." Aber Ben ließ sich nicht scheuchen. „Das finde ich meistens nicht wieder, also schaue ich es jetzt an." Mit den Worten schwamm er langsam um Felsen, Wracks oder ungewöhnliche Meeresbodenerhebungen herum.

„Was interessiert dich daran?", schrie Antonio einmal ungehalten. „Schaut doch mal, wie schön diese Pflanzen hier sind und welch wunderbare Linien der Sand dort hat." Ben war hingerissen.

Die beiden Seesterne kapitulierten: „Du bist wirklich ein ganz außergewöhnlicher Hai", brummten sie fast gleichzeitig.

Sie brauchten gefühlt eine Ewigkeit, bis sie endlich in der Mitte des Schwarzen Meeres und somit in der Nähe der Seesternkolonie angekommen waren, in der die Verwandten lebten.

Bevor sie sie erreichten, sah Ben wieder einmal etwas, das ihn sehr interessierte. Allerdings war dieses Mal das Objekt seines Interesses ein Schiff, das oben auf dem Meer schwamm. „Das hat aber seltsame

Dinger unten am Rumpf." Henry schaute hin und sah ebenfalls die zwei Rohre, die langsam aus dem Schiff herauskamen. Ben wollte hinschwimmen, aber Henry hielt ihn davon ab. „Nein, Ben, vielleicht sind das neue Fangmethoden. Du weißt doch, dass die Menschen auch Haie fangen, um sie aufzuessen." „Ja, gerade uns Dornhaie mögen sie besonders gerne. Aber dieses Schiff ist anders. Schau mal genau hin. Es gibt gar keine Netze." „Die Menschen erfinden doch dauernd neue Fangmethoden." Antonio kannte sich damit gut aus, denn er lebte in einer Gegend, in der fast alle Menschen vom Fischen lebten.

„Ja, aber das hier ist anders!" Ben beharrte auf seiner Meinung. Während sie so diskutierten, waren sie dem Schiff gefolgt, dass langsam weitergefahren war. Plötzlich flogen aus den beiden Rohren des Schiffes lange schwarze Pfeile heraus. Mit großer Geschwindigkeit rasten sie in das Dunkel des weit entfernten Horizonts hinein. Und dann knallte es zweimal. Der Schall brauchte eine Weile, bis er wieder bei ihnen angekommen war. Laut war er immer noch. Sehr laut sogar. Die Explosionen betäubten ihre Ohren und schüttelten sie durch. Alles um sie herum wackelte und dröhnte.

Ben schraubte sich erschreckt nach oben, schoss aus dem Wasser heraus, machte eine Pirouette zurück ins Wasser und drehte dann um und tauchte pfeilschnell bis zum Meeresgrund hinab. Dort verharrte er einen Moment, bevor er panisch in Höchstgeschwindigkeit zurück in Richtung Bosporus schoss.

Als Ben endlich wieder langsamer wurde, waren sie fast am anderen Ende des Schwarzen Meeres angekommen. Ben keuchte. Henry und Antonio ebenfalls. Beide hatten sich mit ganzer Kraft an dem Hai festklammern müssen, um nicht durch den Sog des Wassers herabgezogen zu werden. Ben war so schnell wie noch nie in seinem Leben geschwommen. „Wie ein Blitz bist du durch das Wasser geschossen. Alle Achtung!" Antonio klopfte seine Arme aus und schüttelte sich ein wenig. Henry machte Lockerungsübungen, damit seine Muskeln wieder normal funktionieren konnten. „Wow!!!", sagte er anerkennend, „bist du schon einmal Rennen geschwommen?" Ben schüttelte den Kopf: „Nein, so was interessiert mich nicht."

Nach einer kleinen Weile war Ben so weit, dass er wieder zurückschwimmen konnte. Die beiden Seesterne mussten dafür jedoch all ihre Überredungskünste einsetzen. Zögerlich schwamm Ben los. Je näher sie an die Stelle kamen, an der die beiden Pfeile aus dem Schiff geflogen waren, desto mehr sahen sie, was diese Bomben angerichtet hatten. Der Meeresgrund war aufgewühlt, viele Meeresbewohner hatten den Knall und die Schallwellen nicht überlebt. Leblose Körper schwammen umher. Fische und Quallen waren völlig orientierungslos. Sie rasten wie verrückt umher und rempelten sich gegenseitig an. Manche waren taub und blind, welche hatten ihren Schwarm, andere ihre Laichplätze verloren oder suchten ihre Jungen, die in dem Chaos ebenfalls abhandengekommen waren. Ein Schweinswalpaar suchte laut schreiend nach ihrem Sohn.

Es war schrecklich.

Ben, Henry und Antonio waren entsetzt über das, was sie sahen. Sie selber hatten sich auch noch nicht ganz wieder erholt, aber sie hatte es scheinbar nicht so schlimm getroffen wie diese armen Kreaturen, deren Zuhause gänzlich zerstört zu sein schien.

Plötzlich passierte etwas mit Ben. Er schüttelte sich und schwamm zügig los. „Wir retten jetzt erst eure Leute und dann versuche ich den anderen zu helfen."

Henry grinste. Die Idee war gut. Aber ob sich die verstörten Tiere ausgerechnet von einem Hai, ihrem Todfeind, helfen lassen wollten?

Henry behielt seine Zweifel für sich, denn jetzt mussten sie die Seesterne retten. Ob sie überlebt hatten? Bald würden sie es wissen.

Auf dem Weg zur Seesternkolonie trafen sie auf ein einzelnes, jammerndes Schweinswaljunges. Ben stupste es an und trieb es in die Richtung des Paares, dass nach ihrem Nachwuchs suchte. Der junge Wal hörte das Paar, reagierte aber nicht so recht. Als sie endlich zusammenkamen, stellte sich heraus, dass es nicht ihr Sohn war. Aber sie nahmen sich des kleinen Wals an. Möglicherweise konnten sie bei der Suche nach deren Eltern ihren eigenen Nachwuchs ebenfalls aufspüren. Alle drei klammerten sich in ihrem Kummer aneinander, soweit das bei Walen eben möglich war.

Henry, Antonio und Ben freuten sich über die Zusammenführung, sausten aber so schnell es ging weiter.

Als sie an der Seesternkolonie angekommen waren, zeigte sich ebenfalls ein Bild der Zerstörung. Die große Muschelbank war wie pulverisiert. Tausende Muschelschalen lagen bleich auf dem Meeresgrund. Dazwischen Hunderte toter Seesterne. Henry und Antonio schrien vor Entsetzen auf. Für diese Tiere gab es keine Hilfe mehr.

Aber gab es vielleicht doch noch Überlebende? Die drei suchten den Meeresboden ab. Dann sahen sie, dass sich an einem kleinen, länglichen Felsen einige Seesterne und Seeigel festgeklammert hatten. Als sie näherkamen, erkannten sie, dass der Felsen wie einer der Pfeile aussah, die aus dem Schiff gekommen waren und die für diese Zerstörung verantwortlich waren. Vorsichtig näherten sie sich dem Etwas. Leise sprachen sie die Seesterne an. Die waren noch leicht verwirrt, sagten aber, dass der schwarze Pfeil, auf dem sie saßen, jetzt tot sei. „Das ist schon oft passiert. Wenn sie Blitze und Wellen gespuckt haben, sinken sie auf den Boden und rühren sich nicht mehr.", erklärte ein Seestern. Ihm fehlte ein Arm. Er sah erbärmlich aus. Zwar konnten Seesterne Arme nachwachsen lassen, aber das dauerte natürlich seine Zeit.

Plötzlich kam hektische Bewegung in die Meeresbewohner. Einige zeigten nach Norden. Dort war wieder ein Schiff. Dieses sah jedoch aus wie ein riesiger Wal und, sie konnten es kaum glauben, es fuhr unter Wasser. Sie beobachteten, dass es rechts und links Rohre ausfuhr. Ein Krebs schrie und fuchtelte wie wild. Er zeigte in die andere Richtung als die anderen. Henry sah es zuerst. Ziemlich weit entfernt näherte sich ein anderes Schiff. Es fuhr auf der Meeresoberfläche, so wie sie es normalerweise taten.

Ben schrie auf. Dieser Hai, der sonst so langsam war, reagierte blitzschnell. „Aufspringen. ALLE!!!" Kaum einer zögerte, denn sie sahen, wie sich Henry und Antonio an dem großen Fisch festhielten. Ben schwamm langsam um den schwarzen toten Pfeil herum. Seesterne sind nicht schnell, aber für ihre Verhältnisse rasten sie auf den Rücken des Hais. Einige Seeigel versuchten es auch. Ben musste einiges einstecken, denn die Stacheln der Igel taten ihm weh. Aber er hielt es aus. Als er dachte, es seien alle aufgesprungen, wollte er losdüsen. Aber er musste einen Notstopp einlegen. Ein Seestern hatte sich vor Aufregung in dem Inneren des Pfeils verheddert. Ein kleiner Fisch half ihm und so konnte er doch noch den Hai erreichen. Und dann ging es aber los. Ben übertraf sich selbst. Er peitschte den Schwanz hin und her und bekam dadurch immer mehr Geschwindigkeit.

Seine Mitreisenden hatten große Mühe, sich festzuhalten. Es war keine Minute zu früh. Als sie schon ein ganzes Stück weg waren, sahen sie, wie das Schiff, das unter Wasser schwamm, mehrere Pfeile hintereinander aus den Rohren schoss. Sie trafen das Schiff, das weiter entfernt auf dem Wasser war. Es dauerte nur Sekunden, bis die Pfeile dort angekommen waren. Sie explodierten nacheinander und zerstörten das Schiff fast ganz. Sie beobachteten, wie einige Menschen von dem Boot herunter ins Meer sprangen und ganz schrecklich strampelten. Einige gingen unter.

„Geschieht ihnen recht", sagte ein Seestern laut, „Sie haben so viele Leben zerstört." Die meisten nickten.

Henry sah das nicht ganz so mitleidlos. Aber jetzt war keine Zeit, das auszudiskutieren. Sie mussten hier ganz schnell weg. Sie mussten schneller als der Schall und die Detonationswelle sein. Sonst waren alle verloren. Das hatte Ben begriffen. Und er raste so schnell wie noch nie in seinem Leben in Richtung Bosporus.

Diese Höchstgeschwindigkeit konnte er natürlich nicht lange durchhalten. Als er keuchend langsamer wurde, glaubten sie, weit genug weg von den Detonationen zu sein. Die Seesterne und die anderen Meeresbewohner, die sich auf den Hai gerettet hatten, waren auch froh, dass sie ein wenig verschnaufen konnten. Für solche Aktionen war niemand geschaffen. Auch Ben war froh, dass er die Seeigel für eine Weile loswurde. Die Stacheln piekten grässlich. Sie gruben sich in seine Haut. Selbst einige Muscheln hatten es geschafft, sich auf Ben festzukleben. Dieser Kleber, den sie produzierten, juckte ihn fürchterlich, aber er sagte nichts, denn er hatte sich vorgenommen, alle zu retten.

Nach der Pause ging es weiter. Sie erreichten den Bosporus, durchquerten das Marmarameer. Als sie die Meerenge der Dardanellen fast durchquert hatten, tauchte Ben ganz hinunter auf den Meeresgrund. Er bestaunte einige Felsvorsprünge. Plötzlich fing er an zu lachen. Henry wunderte sich darüber und hangelte sich an Bens Kopf vor.

„Was ist los, Ben?" „Schau mal nach unten. Dort sitzt ein Häufchen Elend." Ben grinste. Zuerst konnte Henry nichts erkennen, aber dann sah er, wie ein Seestern wie verrückt im Sand wühlte. Da musste Henry auch grinsen. „Ist das nicht unser verrückter Urlauber? Er sieht etwas zerschunden aus." „Ja", meinte Ben, „dann wollen wir ihn mal retten." Vorsichtig näherte er sich ihm. Der Urlauber wurde immer hektischer und versuchte in den Meeresboden hineinzukommen. Aber der musste wohl zu hart sein, denn er wühlte lediglich etwas Staub auf. Ben schwamm ganz langsam näher an ihn heran. Sie hörten, wie der arme Kerl aufschrie: „Nein, nein, mich nicht fressen."

Henry schrie zurück: „Hey, wir sind's. Henry, Antonio und Ben. Wir nehmen dich mit. Komm steig auf!" Der Urlauber schaute ungläubig auf und erst da erkannte er den Dornhai und seine Mitreisenden. Sofort rannte er auf Ben zu. Der ließ ihn aufsteigen.

Henry fragte: „Na, hast du Abenteuer erlebt?" „Zu viele, viel zu viele", keuchte er, „es war total lebensgefährlich. Die ganzen Schiffe und die vielen Flüchtlinge. Alle wollten mich fressen. Es war schrecklich. Ich will nur nach Hause!" Er jammerte herzzerreißend. Zum Trösten blieb keine Zeit, denn es brach ganz unerwartet ein Gewitter los. Die Blitze konnte man sogar am Meeresgrund sehen und das Donnern schallte bis dorthin herunter. Regen prasselte mit großer Macht auf das Meer und wühlte alles durcheinander. Es folgte ein schwerer Sturm, der die Sicht sogar unter Wasser verdunkelte. Ben suchte Schutz zwischen zwei kleineren Fels-formationen, die er auf dem Hinweg genauer untersucht hatte.

„Gut, dass du dir das alles so genau angeschaut hast, Ben. Jetzt kannst

du davon profitieren. Und wir auch."
Henry klopfte ihm anerkennend auf
die Schulter.

„Ja, manchmal hilft es, sich die
Gegend genau anzuschauen",
meinte Ben kopfnickend, soweit das
bei einem Fisch möglich war. Man
konnte seinen Stolz in der Stimme
heraushören.

Das Unwetter dauerte eine ganze
Weile an. Die Reisenden nutzten die
Zeit, sich etwas auszuruhen.
Manchmal kuschelten sie sich
ängstlich aneinander, wenn ein Blitz
oder Donner besonders heftig
waren. Aber nach etwa einer Stunde
hatte sich der Sturm gelegt und Ben
beschloss, weiter zu schwimmen.
Alle stiegen wieder auf und los
gings. Zuerst stieß der Hai nach
oben an die Wasseroberfläche. Er
steckte den Kopf hinaus. Der Sturm

hatte das Wasser so aufgewirbelt, dass es immer noch wie eine Nebelwand die Sicht auf das Festland verwehrte. Ben blieb eine Weile oben und machte einige Kapriolen, um seine Muskeln zu lockern. Dann kam Wind auf und lichtete den Nebel. Ben schrie auf, die Mitreisenden, die nach vorne schauten, schrien auf. Die anderen drehten sich um und schrien ebenfalls auf.

Vor ihnen stand eine Flotte schwarzer Schiffe. Metallkolosse, die nicht freundlich aussahen. Im Gegenteil. Sie machten Angst. Große Angst. Es waren bestimmt an die zwanzig Schiffe, die nebeneinander fuhren. Wie eine angriffslustige Meute von hungrigen Raubtieren, die jetzt endlich auf etwas Fressbares trafen. Den Hai und seine Mitreisenden interessierten die Schiffe Gottseidank nicht. Sie hatten scheinbar ein anderes Ziel im Blick. Ben tauchte ab. Sehr tief unten brummte er erleichtert: „Gerade noch rechtzeitig sind wir weggekommen. Was jetzt noch dort im Schwarzen Meer ist, wird es schwer haben, zu überleben."

Alle nickten nachdenklich.

Ben brachte die Flüchtlingsgruppe bis zu der griechischen Insel Kreta herunter. Dort setzte er sie ab. „Vorerst seid ihr hier in Sicherheit. Ich werde schnellstens zurückschwimmen und schauen, wen ich noch retten kann." Und schon war er verschwunden.

Henry staunte: „Wer hätte gedacht, dass sich dieser leicht versponnene Hai zu einem Lebensretter entwickelt?" Antonio nickte: „Ja, das hätte ich auch nicht gedacht. Drücken wir ihm die Daumen, dass er noch viele herausholen kann."

Nach einer Weile meinte Henry: „Lieber wäre ich natürlich in Italien gelandet, aber Ben war nicht aufzuhalten. Nun müssen wir schauen, wie wir von hier weiterkommen und vor allem wohin wir wollen."

„Na klar, natürlich nach Italien." Darüber waren sich auch die anderen Seesterne einig.

Aber es sollte anders kommen.

Notgedrungenerweise musste die Gruppe an den Klippen dieser griechischen Insel bleiben. Es fand sich einfach keine passende Mitreisegelegenheit. Henry und Antonio alleine waren nicht sehr anspruchsvoll bei der Wahl der

Beförderungsmöglichkeit. Aber jetzt, mit einer aufgeregten und völlig verunsicherten Gruppe von bestimmt hundert Seesternen, Seeigeln und Muscheln, waren sie auf einen großen, ruhigen Schwimmer angewiesen. Einige hatten sich entschlossen, mit einem kleinen, recht wilden Barsch weiterzureisen, der nach Malta wollte. Allerdings schwamm er in eine ganz andere Richtung. Henry sagte es dem Wildfang, doch der tat seinen Einwand mit einem kurzen verächtlichen Flossenschlag ab und herrschte Henry an, er wisse schließlich, was er tue. Henry hoffte es für die Seesterne, die sich ihm anvertraut hatten.

Am nächsten Morgen wurden Henry und Antonio früh wach. Es herrschte große Unruhe. Einige

Fische schwammen aufgeregt hin und her, andere sammelten sich zu einem riesigen Schwarm. Alle redeten durcheinander.

„Was ist los?", fragte Henry noch etwas verschlafen.

„Erdbeben ist …" Schwupps war der Fisch schon wieder weg. Die restliche Antwort verstand er schon nicht mehr.

Antonio schrie auf: „Erdbeben? Uih, dann sollten wir auch sehen, dass wir hier wegkommen."

„Oder sind es wieder diese Schiffe der Menschen, die solchen Lärm machen?", fragte Henry hoffnungs-voll. Die Schiffe waren schlimm, aber ein Erdbeben war schlimmer.

„Vom Gefühl her ist es ein Erdbeben, Henry. Du weißt ja, dass ich das von unserem Vulkan, dem Vesuv, kenne. Der bebt auch öfters mal. Lange Zeit war er nicht ausgebrochen, aber vor einiger Zeit eben doch. Auf dem Land waren die Auswirkungen nicht so schlimm, unter Wasser war jedoch ganz, ganz viel zerstört worden. Viele, die nah bei dem Vulkan wohnen, mussten damals auch flüchten. Die kleinen bunten Fische hatten es als erste bemerkt, dass es mehr als sonst bebte und rumorte. Sie sammelten sich und hauten ab. Gerade noch rechtzeitig. Viele schwammen mit ihnen mit. Dadurch wurden viele Lebewesen gerettet. Und wir sollten jetzt auch dringend los. Das hier scheint ein größeres Erdbeben zu werden."

„Woran genau merkst du das denn, Antonio?", wollte Henry wissen.

„Die bunten Fische, die du dort siehst, sind viel aufgeregter als gestern. Sie haben einen siebten Sinn für die Stärke der Erdbeben. Sie sammeln sich eilig, um zu flüchten."

„Aha", staunte Henry beunruhigt. „Dann sollten wir wohl auch los. Das Problem ist nur, dass wir keinen haben, mit dem wir reisen können. Aus eigener Kraft schaffen wir das nicht. Wir können nicht schwimmen und die anderen Fische nehmen uns nicht mit."

„Das stimmt", sagte Antonio traurig. Doch dann sprang er auf und weckte die anderen: „Wir geben erst auf, wenn es gar nicht mehr anders geht. Vielleicht haben wir Glück, dass doch noch ein größerer Fisch vorbeikommt und uns alle mitnimmt."

Nachdem Antonio alle geweckt hatte, verfielen einige der Mitreisenden in

Panik und versuchten auf die kleinen Fische zu klettern, indem sie sich kreischend vor Angst vom Meeresboden hoch wie auf einem Trampolin hinauf katapultierten. Einige schafften es tatsächlich, sich im Sprung an einem Fisch festzuklammern. Aber die Fische schüttelten sich so kräftig, dass die Seesterne wieder abrutschten. Es gab ein großes Geschrei. Alle beschuldigten sich gegenseitig, dass der jeweils andere sie wohl umbringen wolle. Dann zogen plötzlich die Fischschwärme gleichzeitig ab. Scheinbar hatte es ein Zeichen gegeben, aufgrund dessen sie zügig alle in ein und dieselbe Richtung wegschwammen. Ihnen folgten einige Delfine, die jedoch zu weit weg waren, als dass sie die Hilferufe der Seesterne hätten hören können. Die Lage wurde für die Tiere, die nicht selber schwimmen konnten, immer bedrohlicher. Man spürte hier und da schon kleinere Beben. Der Meeresboden grummelte. Die Seesterne gerieten in immer größere Panik. Da sahen sie einen Wal direkt über sich hinweg schwimmen. Henry schrie und winkte. Antonio pfiff und winkte ebenfalls mit allen fünf Armen gleichzeitig. Doch der Wal schwamm ohne Reaktion weiter. Alle zusammen schrien schließlich aus Leibeskräften. Aber der Koloss hörte sie nicht. Die Seesterne schauten ihm fassungslos nach. „Das war unsere letzte Chance, von hier wegzukommen", rief eine Seesternfrau entsetzt. Sie brach in lautes Geheul aus. Die anderen heulten mit. Und gerade als sie sich schon aufgegeben hatten, kam ein schwarz-weißer Blitz des Weges. Ein Orca hatte das Jammern gehört. Er kam neugierig zum Meeresboden herunter. Henry schrie auf: „Du Wildfang, du! Dich schickt der Himmel!" Antonio guckte seinen Freund fragend an. „Das ist der junge Orca-Wal, mit dem wir auf unserer Reise nach Norwegen diese wahnsinnige Sause gemacht haben." Henry strahlte.

Der Orca lachte aus vollem Hals: „Ja, das war ein Ritt. Mutter war damals so sauer auf mich, dass ich mit euch den Ausflug gemacht habe, anstatt mich auf die Reiseroute zu konzentrieren."

Henry lachte: „Das glaube ich gerne. Was machst du hier? Wo sind denn deine Mutter und deine Familie?"

„Ach, die sind hier irgendwo und suchen irgendwas."

„Uih, und jetzt ist sie bestimmt auch sauer auf dich, weil sie dich schon wieder suchen muss." Henry lachte laut auf. Der Orca schmunzelte, als er sagte: „Kann sein. Aber sag mal, was ist hier los? Warum weint ihr denn alle?"

„Es wird ein schweres Erdbeben geben. Wir alle müssen hier weg. Auch du und deine Familie."

Der junge Orca schrie auf: „Ein Erdbeben? Wie kommt ihr darauf?"

Antonio erklärte es ihm: „Die bunten Fische haben fluchtartig die Gegend verlassen. Sie wissen es immer als erste, dass eins kommen wird."

„Puh, dann müssen wir tatsächlich schleunigst weg von hier." Gerade wollte er einfach wegschwimmen, als Henry schrie: „Nimm uns mit, wir können doch nicht schwimmen!" „Oh ja, natürlich." Er kehrte um und legte sich auf den Meeresboden. Eilig stiegen alle auf. Dann schob sich der Wal in seine Reisehöhe nach oben an die Meeresoberfläche. Der Orca schwamm aber nicht in die Richtung, in die die bunten Fische geschwommen waren. Er raste wie verrückt auf eine der kleineren Inseln zu. Die Seesterne mussten sich gut festhalten, um nicht herunterzufallen.

„Wohin will er denn?", schrien alle.

„Ich muss meine Familie warnen. Sie sind auf dem Weg zur Vulkaninsel." Sprachs und raste los. Bei der Geschwindigkeit konnte niemand mehr sprechen. Alle setzten ihre Kraft ein, sich an dem Wal festzuhalten.

Plötzlich drehte der junge Orca ab und hielt einen Moment inne. Antonio nutzte die Pause und rief dem Orca zu: „Die Vulkaninsel ist vielleicht diejenige, auf der der Vulkan ausbricht."

„Ja, darum will ich meine Leute holen."

Das war verständlich.

Dann hörten sie ein lautes Röhren und Klatschen und viel Wasser spritzte hoch. Im ersten Moment dachten die Seesterne, dass das der Ausbruch des Vulkans sein musste und schlossen mit ihrem Leben ab. Aber es waren die Freudenschreie einer größeren Gruppe von Orca-Walen. Die Mutter des jungen Orcas und seine Familie waren ebenfalls dabei.

Vor Erleichterung schimpfte ihn die Mutter wieder einmal kräftig aus, war aber froh, dass er da war. Die anderen drehten eine Runde um ihn herum. Einer fragte, warum er denn so viele Seesterne auf sich sitzen hatte. Der junge Wal erklärte es ihnen. Und er warnte sie vor einem bevorstehenden Erdbeben.

„Quatsch!", riefen die Orcas.

„Aber die bunten Fische sind weggeschwommen.", sagte der junge Orca leiser werdend. Das wiederum hörte die Leitkuh der Gruppe.

„Die bunten Minifische?", fragte sie besorgt. „Sind es diese klitzekleinen Fische gewesen?"

„Ja!!!" Antonio schrie so laut er konnte.

„Dann müssen wir schnellstens von hier weg. Wohin sind die Fische geschwommen?"

„Nach Süden", rief Antonio.

„Alle Wale los. Schnellste Geschwindigkeitsstufe. Richtung Süden. Schnell!!! Es kann jederzeit losgehen." Wie zur Bestätigung grummelte es laut im Meeresboden. Da lachte niemand mehr. Sie sammelten sich und sausten schnell wie der Wind in Richtung Süden. Schon kurze Zeit später hatten sie die Vulkaninsel hinter sich gelassen und schwammen schnurstracks weiter in Richtung des türkischen Festlandes. Die Oma, das älteste Familienmitglied, hatte gehört, dass es dort sicher sein sollte. Da man ihrem Gehör jedoch nicht mehr ganz traute, entschied sich die Leitkuh nach einer Weile weiter südlich in Richtung der Insel Zypern zu reisen. Schon am übernächsten Tag spürten sie, dass es ein größeres

Erdbeben gegeben haben musste. Einige Detonationswellen erreichten sie sogar hier. Sie waren nicht mehr sehr stark, aber vor Ort würden sie sicherlich zu einigen Zerstörungen geführt haben. Und ganz sicher waren auch viele Meeresbewohner dabei umgekommen. Die Seesterne waren heilfroh, dass die Wale sie mitgenommen und vor dem Erdbeben in Sicherheit gebracht hatten.

„Allerdings sind wir jetzt in der falschen Richtung unterwegs." Antonio kratzte sich nachdenklich am Kopf.

„Das stimmt, Antonio. Wir müssen schauen, dass wir bald eine andere Reisemöglichkeit finden, die uns nach Italien bringt."

Die wichtigste Voraussetzung dafür war ein Fisch oder ein größerer

Meeresbewohner, der sie alle mitnehmen konnte, ohne sie auffressen zu wollen. Momentan mussten sie wohl oder übel mit den Orcas mitreisen. Die Leitkuh hatte sich vorgenommen, relativ nah am Festland entlang zu schwimmen. Jemand hatte ihr erzählt, dass es dort irgendwo eine Abkürzung zum Pazifik geben sollte. Der Wasserweg war zwar recht schmal und es fuhren viele Schiffe dort entlang, aber der Weg war um Wochen, wenn nicht sogar Monate kürzer, als wenn sie um Afrika herum reisten. Die Leitkuh wollte unbedingt nach Indien in die wärmeren Gewässer. Nicht alle Wale waren damit einverstanden. Allerdings sagte niemand etwas dagegen, weil es im Moment eine besonders schwierige

Zeit war und sie einfach nur schnell von hier wegwollten.

Schon einige Tage später hatten sie die Insel Zypern hinter sich gelassen. Die Tiere beruhigten sich ein wenig und hatten Zeit, sich zu unterhalten. Die Wale waren beeindruckt von der Flucht der Seesterne: „Ihr habt es ganz schön weit gebracht. Alle Achtung!" Die Leitkuh der Walgruppe hörte sich die Geschichten von den Schiffen und den Pfeilen, die die Explosionen verursachten, sehr genau an. Sie fragte immer wieder nach, wie die Dinger aussahen und was sie machten. Sie wusste, dass Schiffe generell für Wale und für viele andere Tiere gefährlich waren, aber von den schwarzen, schnellen Pfeilen, die Blitze spuckten und donnernde Wellen schickten, hatte sie bislang noch nichts gehört.

„Menschen sind überall. Man kann kaum einen Tag schwimmen, ohne einen zu treffen. Noch nicht einmal mitten auf den Ozeanen ist man vor ihnen sicher. Sogar dort breiten sie sich aus, obwohl sie selber doch gar nicht schwimmen können", sagte die Leitkuh. Henry murmelte: „Das ist vielleicht ähnlich wie bei uns. Wir sind auch weit gekommen, ohne dass wir selber schwimmen."

„Ja, aber die Menschen haben Schiffe, auf denen sie scheinbar nicht nur sich selbst und Waren transportieren, sondern jetzt auch noch Waffen, die noch mehr Tod bringen." Alle waren einen Moment lang still. Niemand wusste so genau, was das bedeutete. Dazu noch das Erdbeben, das auch noch alle durcheinandergebracht hatte. Es war eine schreckliche Zeit, in der sie alle lebten.

Aber es musste weitergehen. „Könntet ihr nicht doch durch das Mittelmeer reisen und uns bei der Gelegenheit in Italien absetzen?" Henry gab alles an Charme und Überredungskunst, aber die Leitkuh ließ sich nicht erweichen. Sie wollte unbedingt durch diesen schmalen Wasserarm, den die Menschen Suezkanal nennen.

Sie verabschiedeten sich von der Leitkuh. Sie dankten ihr herzlich für ihre Hilfe, sie bis hierher mitgenommen zu haben.

„Wir steigen an der Mündung des Wasserarms ab", sagte Antonio traurig zu dem jungen Orca, der sie die ganze Zeit über transportiert hatte. Auch er hatte dafür plädiert, durch das Mittelmeer zu schwimmen. Henry sagte: „Es ist zwar schade, dass ihr woanders hinschwimmen wollt, aber von hier werden wir sicherlich eine Möglichkeit finden, nach Italien zu kommen. Mach dir keine Gedanken. Wir haben doch immer einen Weg gefunden." Henry sagte es, aber so richtig überzeugt war er nicht. Er schaute auf die vielen Lebewesen, die sich jetzt auf ihn und Antonio verließen, dass sie eine neue Heimat für sie finden würden. Es war anders, als wenn man nur auf sich selbst und vielleicht noch auf einen Freund achten musste. Hier ging es um so viele Leben. Alle waren aus ihrer Heimat herausgerissen worden. Alle waren verunsichert und wussten nicht, was nun auf sie zukam.

Henry wurde es schlagartig klar, dass diese vielen Tiere ihm und Antonio vertrauen mussten, ob sie wollten oder nicht. Alle, auch Henry, fragten sich, ob sie überleben würden. Diese vielen Lebewesen hatten nur diese eine Chance auf ein neues Zuhause in einer vollkommen fremden Gegend, in der sie sich nicht auskannten. Alle waren zudem von den ganzen Aufregungen und Anstrengungen geschwächt. Besonders die älteren und ganz jungen Tiere zeigten Erschöpfungszustände.

Wohin würde das Schicksal sie führen? Wie lange würden sie wandern müssen, bevor sie woanders für immer ankommen könnten? Würde man sie dort unterstützen? Oder wie sie es immer öfters von anderen hörten, würde man sie dort noch einmal vertreiben und sie beschimpfen oder sogar töten?

Henrys Gedanken wanderten in immer dunklere Abgründe hinein. Das musste aufhören! Er sprang auf und rannte zu Antonio. Sein Freund fand immer etwas, dass ihn aufheiterte. Aber auch er sinnierte traurig vor sich hin: „Wir sitzen hier in einer ganz anderen Ecke des Mittelmeeres fest. Kaum ein Fisch ist groß genug, um uns alle mitnehmen zu können. Und selbst wenn er groß genug ist, weigern sich viele, die gestrandete Gruppe mitzunehmen. Sie fremdeln ebenso wie wir Seesterne selber. Manche schimpfen gewaltig über die Flut von Flüchtlingen, die sie für die vielen Unannehmlichkeiten der letzten Zeit verantwortlich machen.

Alle Lebewesen sind so vorsichtig geworden. Niemand ist mehr offen für fremde Tiere."

Henry hatte normalerweise einen unverbesserlichen Optimismus, doch der schwand immer weiter dahin. Wenn selbst Antonio so mutlos war, wie sollte er die Gruppe aufmuntern können?

Den Abend verbrachten sie in gedrückter Stimmung. Sogar die letzten Sonnenstrahlen, die durch das Wasser bis zum Meeresgrund herunterkamen, konnten sie nicht auf andere Gedanken bringen. Was sollten sie der Gruppe auch sagen? Wenn man unwillkommen ist und vor Angst fast verrückt wird, sind das keine guten Voraussetzungen für einen Neuanfang im Irgendwo. Fast mutlos schliefen sie ein.

Mit solch einer düsteren Stimmung vergingen einige Tage. Die Gruppe saß immer noch in der Mündung des Suezkanals fest. Henry dachte an die Wale. Ob sie wohl auf der anderen Seite angekommen waren? Er wünschte es ihnen.

Inzwischen war etwas Ruhe eingekehrt. Man hatte sich ein wenig auf dem Felsen eingerichtet. Es gab genügend zum Fressen, weshalb einige beschlossen, hierzubleiben. Sie siedelten ein wenig näher am Festland und fingen an, sich dort ihr neues Zuhause einzurichten. Hin und wieder wurden Zweifel an der Entscheidung geäußert. Nicht nur die Seesterne aus dem Schwarzen Meer waren als Flüchtlinge hier gestrandet. Auch vom Süden Afrikas kamen viele Lebewesen hierher gewandert, um sich im Norden ein neues Zuhause zu suchen. Ihre Länder waren vertrocknet. Es hatte schon jahrelang nicht mehr geregnet. Sogar bei den Menschen hatten die Ältesten beschlossen, einige junge Männer weg-zuschicken, um in der Fremde Geld zu verdienen und dadurch ihre Familien zu Hause zu unterstützen. Hier an der Küste des Mittelmeeres sammelten sich alle Flüchtlinge und warteten genau wie die Seesterne auf eine Mitreise-gelegenheit in Richtung Italien oder Griechenland. Auf jeden Fall musste es Europa sein. Dort konnte man noch gut leben. Allerdings fuhren nicht genügend Schiffe, um die Flüchtlinge dorthin zu bringen. Darum war die Gegend hier jetzt so dicht mit Menschen besiedelt, dass man kaum noch einen Fuß an die

Erde bekommen konnte. Und all diese Menschen hatten Hunger. Viele schwammen ins Meer, um sich dort etwas zu essen zu fangen. Das machte diese Gegend noch gefährlicher, als sie sowieso schon war. Für viele Tiere blieb nur der noch beschwerlichere Landweg.

Die meisten aus der Seesterngruppe wollten jedoch zu ihren Verwandten nach Italien. Für sie blieb ja nur der Weg durch das Wasser. Also hieß es weiter auszuharren, bis sich eine Mitreisegelegenheit finden würde. Leider dauerte das unerwartet lange. Einige Seesterne hatten sich inzwischen entschieden, nun doch an dieser gefährlichen Stelle zu siedeln. Sie glaubten nicht mehr an ein Fortkommen. Henry konnte es sogar verstehen. Ein wenig hatten sie sich hier schon eingelebt. Und was man so von anderen Flüchtlingen hörte, war es auch in Italien nicht mehr so einfach, sich dort anzusiedeln. Selbst bei Verwandten wurde es zunehmend schwieriger. Einfach deshalb, weil auch dort oft schon alle zur Verfügung stehenden Plätze von früheren Flüchtlingen besetzt worden waren. Sogar dem sonst immer positiv denkenden Antonio kamen Zweifel, ob wirklich alle Verwandten bei seiner Familie würden unterkommen können.

Dann jedoch übernahm das Schicksal sämtliche Entscheidungen. Es fing damit an, dass auf dem Festland Knallereien stattfanden, die sich ähnlich wie die von den Booten und ihren herausgeschleuderten Pfeilen im Schwarzen Meer anhörten. Man schaute besorgt in die Richtung, aus der die Töne kamen. Dann kamen über das Festland auf der linken Seite ebenfalls Pfeile, die auf die Gegend aufprallten, von wo die erste Knallerei ertönt war. Das Ergebnis war, dass von dort viele kleine Boote auf das Mittelmeer hinausfuhren. Dafür kamen kurz danach viele große, schwarze Boote zurück, die sich drohend vor dem Festland versammelten.

Unter den Seesternen brach Panik aus. Das war genauso wie im Schwarzen Meer. Durch solche Boote hatten sie ihre Heimat verloren.

„Nicht schon wieder." „Nein, nein, bitte, bitte nicht schon wieder!" So schrien alle durcheinander. Sie heulten, waren wütend, jammerten oder saßen da wie gelähmt. Henry brach es fast das Herz. Er bemühte sich, wenigstens einige von ihnen noch hier herausholen zu können. Er bettelte jeden an, der schwimmen konnte und groß genug war, zwei, drei Seesterne mitzunehmen, dieses auch zu tun. Aber selbst, wenn er einen Fisch fand, der sich dazu bereit erklärte, war es die größte Schwierigkeit, den richtigen Seestern herauszusuchen, der mitreisen konnte. Die Zurückgebliebenen verzweifelten immer mehr und manchmal griffen sie sogar Henry an, weil er die anderen und nicht sie auf die wenigen Fische gesetzt hatte. Henry fühlte sich miserabel. Einmal war es sogar noch schrecklicher. Direkt nachdem wieder einige Explosionen stattgefunden hatten, kam ein Barsch, der sich bereit erklärte, sechs Seesterne auf die nächste Insel mitzunehmen. Alle wollten mit. Niemand hörte auf Henry oder Antonio. Alle rasten wie verrückt zu dem Barsch und versuchten aufsteigen. Der arme Fisch wurde sozusagen überrollt. Die Seesterne schubsten sich gegenseitig weg. Diejenigen, die sich ankleben konnten, ließen natürlich nicht wieder los. Etwa zwanzig Seesterne schafften es, sich auf dem Fisch festzumachen. Das Dumme war nur, dass der Arme deshalb nicht mehr schwimmen konnte. Fast wäre er sogar erstickt, weil so viele Leiber auf ihm lagen, die ihn zu erdrücken drohten. Aber niemand wollte wieder loslassen. Da musste Henry hart durchgreifen.

Verständlicherweise wollte der Barsch nun niemanden mehr mitnehmen. Böse schimpfend schwamm er weg.

Währenddessen nahmen die Explosionen auf dem Festland zu. Die Seesterne wurden immer panischer.

Als sie schon kaum noch Hoffnung auf ihr Überleben hatten, passierte etwas. Eine große Gruppe Orca Wale kam panisch aus der Mündung des Suezkanals heraus gerast. Sie orientierten sich kurz. Und das war Henrys Chance. Er hatte den jungen Orca in der Walgruppe erkannt. Er schrie so laut wie nie. Und wieder hatte er Glück. Der junge Orca hatte ihn tatsächlich gehört. Er kam angesaust und rief: „Ich habe schon geguckt, ob ihr noch hier seid. Los rauf auf mich. Schnell, schnell!"

Alle kamen mit. Sogar diejenigen, die hier hatten bleiben wollen, kamen angerannt. Rauf auf den Wal und los gings. Dieses Mal gab es keine Verzögerung. Der junge Orca schloss zu seiner Gruppe auf, die bereits auf dem Weg in den Westen des Mittelmeeres aufgebrochen war. Nach vielen Kilometern gab es die erste Pause. Und da hörten die Seesterne, was passiert war.

„Wir sind in die schmale Wasserstraße, den die Menschen gebaut haben und Suezkanal nennen, hineingeschwommen. Es war nicht ganz einfach, denn dort fahren echt viele Schiffe. Die Verletzungsgefahr ist groß dort. Dann kamen wir in ein Meer. Es ist nicht groß, aber breiter als der Kanal. Die Menschen nennen es Rotes Meer. Wir wanderten weiter Richtung Süden. Und dann knallte es. Das Schiff direkt vor uns zerbrach entzwei. Wir hatten Glück, dass wir keine Splitter abbekommen haben. Und da es noch mehr Explosionen gab, sind wir fluchtartig durch den Kanal zurück ins Mittelmeer geschwommen. Und nun wollen wir doch um Afrika herumschwimmen."

Der junge Orca zwinkerte Henry zu. "Das wolltest du doch, nicht wahr?"

Henry grinste: „Ja, und uns könnt ihr doch in Italien absetzen. Von dort haben wir noch keine Explosionsberichte gehört. Dort ist es friedlich."

Die Leitkuh hatte das Gespräch mitangehört und erklärte sich zu dem Umweg bereit. „Wir bringen euch bis nach Rom." „Oh ja prima." Antonio konnte es kaum glauben. „Von dort kommen wir hundertprozentig weiter bis nach Hause." Er tanzte vor Freude.

„Wir danken Euch von Herzen!!!", riefen alle Seesterne im Chor und beeilten sich, auf den Wal zu kommen. So begann der letzte Abschnitt einer außergewöhnlichen Reise, die doch noch ein Happy End zu bekommen schien.

Ohne weitere Probleme kamen sie in Rom an. Die Seesterne bedankten sich nochmals bei den Walen, dass sie sich ihrer angenommen hatten.

„Danke, danke!" „Ich liebe euch!" „Das werden wir euch nie vergessen." „Wenn wir euch mal helfen können, lasst es uns wissen." Die Wale waren sehr gerührt und verabschiedeten sich mit kräftigen Flossenschlägen auf das Wasser.

Schon bald wurde ein Fisch gefunden, der alle bis zu Antonios Familie mitnehmen konnte. Dort wurden sie freudig begrüßt.

Besonders Henry und Antonio wurden geherzt, beglückwünscht und umarmt, dass ihnen fast die Luft wegblieb.

Einige Tage lang blieb Henry noch bei Antonio, bevor er seine Heimreise nach Amerika antrat. Auch seine Verwandtschaft war froh, ihn wiederzusehen. Unter den ersten Besuchern war sein Freund Gunwald, der ihm stolz eine große Schar seiner Kinder vorstellte …

Über die Autorin:

Susi Menzel schreibt sehr gerne Tiergeschichten. Vögel, Bienen, Libellen, Igel, Rehe, Katzen, Hunde und andere Tiere, die ihr in ihrem wilden Garten in Minden/Westfalen oder auf Reisen begegnen, sind in ihren Geschichten vertreten. Aber auch durch andere Themen, die eine Autorin natürlich interessieren, entstehen Geschichten.

Geschichten und Online - Lesungen finden Sie auf der Internetseite der Autorin: **www.smenzel.de**

In der Rubrik **„Hör mal doch rein"** gibt es **Podcasts**, die die Entstehung der Bücher „Das Leben am Vogelfutterhaus – Die Geschichten" und „Das Tagebuch" begleiten.

Es gibt auch viele Videos mit Tier- und Naturaufnahmen auf der Internetseite.

 QR-Code zur Internetseite
https://www.smenzel.de

Auf den folgenden Seiten finden Sie Hinweise auf die bisher erschienen Bücher von Susi Menzel

Susi Menzel

Die Vögel am Vogelfutterhaus

Das Tagebuch und die Vogelgeschichten
Eine Sonderausgabe mit 175 Fotos

Die Vögel am Vogelfutterhaus
Die Sonderausgabe

Dieses Buch ist für Menschen gedacht, die Vogel-
und Naturbeobachtungen lieben und ebenso kurze
Geschichten schätzen.

Genau deshalb ist es einzigartig.

Nehmen Sie Platz an meinem Fenster und schauen
sich die aufregende Welt der Tiere an meinem
Vogelfutterhäuschen in Ostwestfalen an. Ich lade
Sie ein, durch die etwa 175 Fotos, das Tagebuch
und die Geschichten über die Abenteuer „meiner"
Vögel aus nächster Nähe mitzuerleben. Auch sie
streiten und necken sich. Aber sie kämpfen auch
für die schönste Partnerin, den besten Nistplatz,
um das Futter für die Jungen und für sich selbst.
Paperback ISBN 9783756896745

Susi Menzel

Das Leben am Vogelfutterhaus

Das Tagebuch

Das Leben am Vogelfutterhaus
Das Tagebuch

In diesem Tagebuch habe ich ihr aufregendes Leben an meinem Vogelfutterhäuschen ein Jahr lang beobachtet und dokumentiert. Es zeigt die Vielfalt der Vögel und anderer Tiere, die von dem Futterplatz profitieren. Es wird geliebt, gelehrt, gekämpft und heftig gestritten. Dabei passieren ihnen auch größere und kleinere Missgeschicke, über die wir Menschen lachen müssen. Aber die Tiere schaffen es auch, dass wir einen anderen Blick auf die Natur in unseren Gärten bekommen.

Paperback ISBN 9783756845453
Auch als E-Book erhältlich.

Das Leben am Vogelfutterhaus
Die Geschichten

An meinem Futterhäuschen ist immer sehr viel los. Amsel, Rotkehlchen, Kohlmeise, Spatz, Blaumeise, Fasan, Zaunkönig, Dompfaff & Co. wollen schließlich auch einmal zu Wort kommen. Sie erzählen auf ihre Weise von den Erlebnissen, die sie an einem Vogelhäuschen erlebt haben. Aber sie sprechen auch von ihren Sorgen um die Natur und das Klima.

Auf sechs Seiten gibt es Farbfotos

Paperback ISBN 9783756216055
E-Book: ISBN 9783756269853

Viele Menschen möchten wissen, was ihre Katze macht, wenn sie nicht gerade faul auf dem Sofa liegt, sondern draußen ihr Revier abläuft. Nina wird zur Katze und erfährt, wie abenteuerlich ein Katzenleben sein kann.

Kater Kringel und Kater Tiger schreiben sich E-Mails

TIGER
FINDET EIN ZUHAUSE

BRIGITTA RUDOLF
SUSI MENZEL

Als Taschenbuch und E-Book im Handel

Tiger findet ein Zuhause

Ein Gemeinschaftsprojekt von Brigitta Rudolf und Susi Menzel und natürlich Kater Kringel und Kater Tiger

Als Tiger bei Brigitta einziehen darf, ist er hocherfreut, ein so schönes Zuhause gefunden zu haben. Nun wissen wir ja alle, dass Katzen ihr Personal haben und da verwundert es nicht, dass Brigittas Kater Tiger und Susis Kater Kringel ihre Menschen als Sekretärinnen benutzen, um sich per Email ihre Sicht der Dinge in Menschenhaushalten zu erzählen.

ISBN 9783756216888

Von Heute bis Gestern

Gedichte sind immer eine Quintessenz aus persönlichem Leben und Umfeld, egal, ob sie lustig, traurig, makaber, nachdenklich oder politisch sind oder alltägliches zum Thema haben. Wer das Glück hat, einen Garten zu haben, der hat auch immer wieder Begegnungen mit Vögeln und anderen Tieren, die selbstverständlich auch immer wieder dazu anregen, Gedichte über sie zu schreiben.

Hardcover mit Schutzumschlag, Lesebändchen und vielen Fotos und Zeichnungen:
ISBN: 9 783754 343562
Auch als Ebook erhältlich

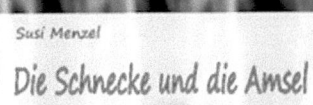

Schnecke und Amsel im Land der Farben

Eine Geschichte über Freundschaften, die Wirkung von Farben und über Tiere und Pflanzen.

Schnecke möchte unbedingt in das weit entfernte Land der Farben. Nun ist eine Schnecke bekanntlich nicht sonderlich schnell. Da verhilft ihr ein Gänseblümchen zu einer „Mitflieg"-Gelegenheit auf dem jungen Amselmann.

Im Land der Farben durchlaufen beide Abenteuer, die geprägt sind von der Wirkung der einzelnen Farben auf Lebewesen...

Paperback, 68 Seiten, 7 farbige
ISBN-13: 9783752686067

Brigitta Rudolf und Susi Menzel

Als die Welt den Atem anhielt

Die Coronazeit in Geschichten und
Gedanken zweier Autorinnen

In diesem Buch blicken die befreundeten Autorinnen Brigitta Rudolf und Susi Menzel einige Jahre zurück: Von Anfang 2020, „als die Welt den Atem anhielt", bis Oktober 2022.

„Corona" hat die ganze Welt verändert. Beide haben diese Zeit des Umbruchs auf sehr unterschiedliche Weise erlebt und in Geschichten, Gedichten und Gedanken verarbeitet.

Susi Menzel und Brigitta Rudolf:
"Als die Welt den Atem anhielt"
Die Coronazeit in Geschichten und Gedanken zweier Autorinnen
176 Seiten, davon 2 farbige
Paperback **ISBN: 9783756801305**   Verlag: BoD